为了生存，
每一个生命都历经辗转与漂泊

致漂泊的你

姜杰/著

中国电影出版社
2018 · 北 京

图书在版编目（CIP）数据

致漂泊的你 / 姜杰著. -- 北京：中国电影出版社，2018.9
ISBN 978-7-106-04972-0

Ⅰ. ①致… Ⅱ. ①姜… Ⅲ. ①长篇小说－中国－当代 Ⅳ. ①I247.5

中国版本图书馆CIP数据核字(2018)第210463号

责任编辑：贾　茜
封面设计：邢海燕
版式设计：邢海燕
责任校对：周　骁
责任印制：庞敬峰

致漂泊的你

姜　杰　著

出版发行　中国电影出版社（北京北三环东路22号）邮编100013
电话：64296664（总编室）　64216278（发行部）
64296742（读者服务部）Email：cfpygb@126.com

经　　销　新华书店
印　　刷　北京紫瑞利印刷有限公司
版　　次　2018年11月第1版　2018年11月第1次印刷
规　　格　开本/880×1230毫米　1/32
印张/6　字数/120千字

书　　号　ISBN 978-7-106-04972-0/I · 1247
定　　价　35.00元

目录

CONTENTS

1. 红墙老街37号

2016年10月，深秋。

北方秋凉，秋雨潇潇，稀疏的落叶沾在湿漉漉的街道，傍晚的街道人们往来不断，下着雨的天气有些昏暗，迟男的圆头低跟皮鞋就踩在这些落叶上，不疾不徐地朝着家走去，挎包挂在举着伞的左胳膊上，用空出来的手紧了紧卡其色的大衣，雨滴轻轻地敲击着黑色的伞面。

从主街左转进入狭窄的巷道上，巷子两旁小贩缩着脖子躲在雨棚下面期待地看着小巷里进出的居民，小巷两边整齐排列着新修的楼房，这是迟男家所在小区后门的小巷，开在小巷边的东门到自己家的那栋楼最近，下班回家迟男常走这条路，换平时也会随手买一点家里所缺的蔬菜水果，今天下雨，迟男没有多逗留，径直从后门钻进了小区。

“儿子，妈妈回来了！”迟男拉开家门在门口一边脱下冰凉的鞋子，一边温柔地呼唤。

扶着门框脱鞋的迟男温柔地看着客厅的方向，等着那个小小的身影放下玩具到门口迎接自己，果然没多久，虎头虎脑的儿子小小的身影就出现在了客厅门口。

“妈妈，抱抱。”两岁半可人的小家伙一晃一晃地朝着迟男走过来。

迟男两下蹬掉自己的鞋子，将大衣随手扔在地毯上，抱起自己的小宝贝，克制想蹭小脸的冲动，因为刚从秋风中进来的迟男知道自己的脸一定是冰凉的。

“有没有想妈妈？嗯，妈妈可想我宝贝了。”迟男满脸宠爱地看着近在眼前的小圆脸，笑着逗自己的幼子。

“想妈妈。”说话还不是太清晰的孩子已经能把这几个字说得很好，小奶音是迟男觉得的世界上大概最好听的声音。

“宝贝，妈妈爱你。”迟男亲了儿子的脸颊，看着儿子无比认真地说。

“我也爱妈妈。”

这是迟男每天下班与儿子的固定对话。

“妈，他今天睡午觉了吗？”迟男抱着儿子走到正在客厅看电视的母亲身边，盘腿坐在地毯上抬头问儿子一天的重要事项之一。

“睡了，1 点睡，3 点半起的。”

这也是每天的固定对话。

“你今天跳舞去了吗？”迟男又问自己的母亲。

年过五旬的母亲脸上终于慢慢出现了一种叫作平和的东西，

不再显示出伶俐也不再有野心，刻在皱纹里面的忧愁慢慢淡去了。

“去了。”母亲看着电视里的新闻顺口回答。

母亲的眼老花似乎因为常低头看手机加重了，迟男心里如此想。

“讲故事，妈妈。”儿子奶声奶气的要求打断了迟男的思绪。

“好，妈妈去书房拿书好不好？”迟男捏了捏宝贝儿子的小脸蛋。

“好！”孩子乖巧地点了点头。

迟男起身准备去书房，老太太从地毯上将小宝贝抱了起来。

“我们家小外孙怎么这么乖呢，总是喜欢读书，真像你妈妈小的时候。”

迟男走到书房门口，回头看着搂在一起的祖孙俩，眼底泛起一阵暖意。

迟男走到书架边，在儿子的书籍区域翻找合适的书籍，眼睛扫过上面一层，一些年久的CD唱片，在互联网和数字还没有走入生活的年代，CD就是音乐的寄托，迟男不由自主地停下了手里的动作，看着一张唱片出神，时光安然，外面细雨飘飘，书房未曾关上的窗户有秋风扫来，里层窗纱轻柔飘动，柔光从迟男的脸上飘过，清秀干净的脸庞少有尘埃。

迟男伸手取出了其中的一张唱片，是单张CD，外壳是一面老旧红墙图案，“红墙老街37号”是唱片的名字，一个长发男人仰面背靠在那面红墙上，眼底有说不出的落寞和寂寥。

迟男拿出CD放进了电脑的光驱。

音响里男人沧桑而沙哑的声音传来，迟男靠在窗边看着窗外的细雨，手边一盆兰草寂寞地开着两朵小花，阵阵幽香钻进迟男的脑海。

“点燃这支香烟，让光亮爆炸着黑夜，寂静世界不发一言……也许天堂就在，你抚摸的瞬间……别让这梦流走，不要告别……”

“吴天……”迟男喃喃地轻声念着这个名字。

这是歌手的名字，这首《不要告别》原唱是著名歌手高旗，迟男现在播放的是吴天跟他乐队翻唱的版本。

迟男在脑海中勾勒着那个总是抽着烟喝着酒唱摇滚的长发男人，那一年吴天30岁，迟男18岁。

想念这个男人的人有很多，他真实地存在过，在那么多人的青春里。

窗外细雨潇潇，忧愁都化作了这秋雨，美丽地洒向了大地，洒进少女的内心，洒在女孩的玻璃窗上，透出爱情的忧伤。

也许所有的梦、青春、风花雪月都消耗在那一年，那些女儿姿态、那些纯净如画的相思，最美好的盼望，都遗落在青春里了，曾经……

“渴望开始这旅行……亲爱的不要哭……告诉我你爱我，如同我们永恒的承诺，为你的狂野融化血液，在黑夜和黎明的分界，别把我心带走，别让这梦溜走，不要告别……”

2007 年 5 月，时光流转，回忆终是回到了过去。

迟男仿佛被耳机里这首歌吸了进去，不要告别，是在说我吗，是不想让我走吗？迟男在心里问，是挽留吗？

台灯下迟男眼中荧光闪闪，看了一眼黑色收音机，正在录音中，录了多少了，迟男心想，已经不少了吧，这样就算离开这座边城，还是能听到昊天的声音。

马上就要离开了，爸已经给自己和妈订好了车票，老家县城的关系也已经找好了，就等自己完成这学期的学习，期末考试近在眼前，也就意味着离别将近。

“人生而孤独，音乐能适当缓解这种孤寂，昊天音乐伴你左右。”收音机里传来了昊天的声音，这是边城午夜音乐电台节目昊天音乐的广告语，每天深夜 11 点到 12 点一个小时的昊天音乐，每晚 11 点，迟男准时调频等待。

广告响起，迟男暂停了录音，低头才发现手里的笔将数学高考模拟试卷扎了一个洞，拿起胶带卷将墨迹清除，迟男是学校理科班排名年级前十的学习尖子，尽管才高二，但是每天学习到深夜早已习惯，熬夜学习家常便饭，数理化常常满分的成绩也不是那么容易的。

自从几天前跟昊天告别之后，迟男再也没有跟昊天说过话，没有确切地告诉昊天哪天走，就当已经走了吧，只是自己还想听听走了以后昊天会说什么。

时钟指向 12 点，书桌对面帘子后面床上小姨夫、小姨早已经睡熟，迟男关掉收音机，摘掉耳机，耳朵里立刻传来了小姨夫那一会儿高一会儿低大提琴般的鼾声，低头看着手里还没有写完的试卷，重新提起笔，慢慢地推演证明题，草稿纸上传来迟男沙沙的写字声音，小姨夫的鼾声充斥在房间里，这些声音都没能进入迟男的耳朵，越来越成熟窈窕的迟男自顾埋头在数学题里，台灯将迟男的背影拉得很长，对于迟男来说，就像是孤军奋斗的战士，再无暇思考其他。

电台大厦，19层，吴天所在频道的播音室，吴天关掉话筒，手指头上夹着的烟无声地燃着，疲惫地仰靠在椅背里，手就搭在椅子扶手上，任由烟自己慢慢地烧着。走了吗，也许已经走了吧，“不要告别”说给谁听呢，那是一个什么样的女人，后台留言好多天没有相似的话语了，白衬衫黑长裤，蒙眬中五官很美。应该就是那个女人吧，直觉告诉我就是那个女人，那个喝绿茶安静的女人，若能一直相伴，以解孤独多好，哪怕就是这样我说着她听着，她写着我看着也很好，她说的梦想是什么，还有机会知道吗？

手指尖传来灼热感，吴天看了看已经快烧到手指的烟，抬手掐灭在烟灰缸里，广告时间马上结束，下一时段节目主持人已经等在播音间，起身将墩布拖回角落。离开了播音大楼，瘦高的吴天披散着长发走在边城孤寂冷清的街道上，身穿黑色短袖套头的T恤，牛仔长裤黑色尖头皮鞋，面容冷峻眉眼凄清，吴天也说不好自己是还活在那个摇滚年代，还是活在这个过分现实的年代故作酸情。吴天在想物质和艺术，自己到底更想要哪样，也许是得不到更好的物质所以才标榜自己的艺术清高，吴天讨厌如此酸情的自己，这种透着现实的酸情，讽刺现实总是透着一种酸情。

回到家已经是午夜1点多，吴天脱下尖头皮鞋把钥匙放在柜子上，看了一眼母亲的房门，老太太应该已经睡了。黑夜中吴天静静地立了一会儿，终是轻手轻脚地回了自己房间，睁眼躺在床上，只觉得空旷，辗转许久睡去。

2. 拥挤的家

2006 年盛夏

“丁零零……”床头椅子上正充电的手机屏幕亮了，震动着呼喊着，那是一个银白色的下翻盖手机，键盘被银白色的壳挡着，需要拨号的时候将壳往下掀开，此时正卖命地呼喊旁边的迟男起床。

迟男闭着眼伸手将手机摁了，在脑海里将《兰亭集序》默默地背了一遍：“永和九年，岁在癸丑，暮春之初，会于会稽山阴之兰亭……”偶有想不起来的地方，迟男的眉头皱起，努力地在记忆中调取，这是昨天晚上花费两个小时才背下来的全篇《兰亭集序》原文。

今天早间阅读时间班主任要默写的篇章，睡着前默默从头回忆一遍，没默写完整不敢睡着，早上醒来不睁眼再想一遍，没想全不敢睁眼，能完全想起来基本就记牢了，这是迟男这些年读书的心得，终于完整地默诵了出来，早已清醒的迟男睁开眼睛，大大的双眼在清晨未打开的窗帘下显得黝黑深邃，侧身把手伸到枕头底下掏出语文课本，拿着书从床上坐起来，翻到《兰亭集序》借着晨光检查一遍，有不顺的地方多看两眼。

迟男坐在只能容得下她翻个身的小床上，穿着黄色睡衣的她低头看着摊在双膝上的语文课本，齐耳的短发下垂挡住她的容颜。因为是盛夏，床上没有被子，整晚不盖也不觉得凉，小床紧靠着墙，怕凉着她，床头和床左侧父亲用巨大的包装纸箱拆开贴在墙上，迟男在上面写了一些难背的单词、诗句、数学公式、物理理论、化学式等，床右侧挂着一个蓝底白花的帘子，帘子后面是父母靠窗的双人床，并排的一张大床一张小床加上两床之间的 40 厘米的通道就将整个房间塞满，两个床头中间放一把椅子，大床床尾处一个贴着墙的柜子，这个房间就满满当当的，迟男一家的衣服只能放在两张床下面的空间，房间的门在迟男的床尾处，夏天炎热，睡觉时房门多半不关，只是将房门的帘子拉上，一个能触及地面垂坠感很好的帘子，不知道父亲从哪里淘换来的，这是一个拥挤的房间，只容得下几个转身的空间。

迟男将书放在小床上，抬腿转过身脚踩在拖鞋上坐在床沿，左手撩起一点中间的蓝白帘子，右手轻轻地从椅子上拿过夏季校服，脱掉短袖上衣和短裤，套上卡其色的宽松长裤，将淡蓝色的短袖上衣套上，白色衣领有点墨迹，迟男没去管它。常年穿着蓝白相间的运动校服，能每天保持干净的同学没有几个，比起其他人在上面画花、画鬼、签名，迟男算是干净的。

趿拉上拖鞋走到床尾处，迟男探头看了一眼帘子后面还在熟睡中的父母，从柜子上拿起自己的牙刷和杯子，转身撩起门帘出门来，小客厅还处在不十分明亮中，从房间里父亲的鼾声换成了小姨夫的鼾声，空气中弥漫着怪怪的味道，尽管自己一家住的房间开了窗户，客厅通向厨房的门也敞开着，空气中还是弥漫着这么一大家人呼出的废气，一百八十度回身走进厨房，在齐腰的洗菜池子边刷牙洗脸。

这个两三平方米的小厨房整齐而充满了油污，迟男刷牙的水池旁边是一个长案，上面堆叠着五六个淘菜的盆子，菜板靠墙立着，菜刀别在案子与墙之间的缝隙里，水池这一面墙都布满了发霉的水渍；水池的对面是一个跟水池差不多高的碗柜，碗柜上摆着各式各样的调料，还有昨夜没有吃完用带洞的框子扣住的菜，碗柜上方半米远有一个吊着的无门壁柜，里面塞满了各种看不出本来颜色的抹布和刷碗用的清洁用具，壁柜的外侧和里侧都被厚厚的油污遮住。

刷完牙迟男转身在碗柜上掀开几个框子看了看，看了一眼身边燃气灶，实在不知道吃些什么，抬脚的时候觉得有点黏，低头看了看地上的油污，地面已经看不出本来颜色，虽觉恶心，迟男早已麻木，也许唯有读书能让这地面变得干净，看了看阳台上更黑的地面和肮脏的玻璃，迟男无可奈何。

拿起牙刷杯子和毛巾回到房间放在柜子上，拧开花了 15 块从超市买的保湿霜，挤了一点放手心，两只手搓了搓抹匀了将手敷在脸上使劲地蹭了几下，闭眼抿嘴一把抹过，对着父母床尾的梳妆台拨拉几下自己的短发，听说这梳妆台是迟男还没有来到父母身边时，一次父亲在给人搬家的过程中客户不要了搬回来的。

这个房子里的大部分家具都是父亲他们搬家途中客户淘汰的，包括他们睡的床，父亲帮人搬家的时候总是能淘回来一些他们还能用得上的东西，这应该省去了很大一笔开销。每一次搬新东西回来的时候，父亲总是高兴的。迟男总是愿意看见父亲的那种笑容，那是一种坚硬下的温柔，让她觉得暴戾的父亲可爱，但是迟男深深地明白那是一种捡到宝了的笑容和开心，或许并不光彩，也或许其实那种开心显得那么卑微，让迟男所不能理解和困惑多年的一直是父母那种内心的卑微到底来自何处，是什么样的生活和人生造就了那样的卑微。而这些，给了迟男一种领悟，也许生存是没有尊严的。

梳妆台不高，就贴着迟男父母的床尾，只容得下迟男侧身站在那里，时常父亲也坐在床尾趴在这个梳妆台上记账。这是一个老式的原木色的梳妆台，表面抛光的部分脱落了一些。父母还没醒，迟男没法坐下，只能稍微弯着腰对着镜子整理头发，将后脑勺那一撮长发放进领子里去。近来班主任总盯着她这一撮头发，这是迟男剪掉长发的时候特意吩咐理发师留的一小撮，迟男总是拿个小橡皮筋扎在后脑勺，迟男总是希望自己能有一个标志，不同于别的孩子的标志，也许青春年少的孩子都是这么想的。

走到房门口，在门边拎了个小马扎放在卧室和厨房中间的墙边，弯腰从卧室外另一边的小鞋架上拎起自己的运动鞋，从里面掏出昨天晚上准备好的袜子，跷起二郎腿穿袜子，突然对面房间的门开了。

“高叔叔。”迟男抬头看了一眼睡眼惺忪头发跟鸡窝似的男人，爸爸妈妈叫他小高，迟男一直叫高叔叔，以至于迟男忘记了他的名字。这是跟爸爸一起工作的工友，一个瘦高的男人，有着消瘦英俊的国字脸，高叔叔出来的房间里放了三张床，住了三个男人，都是爸爸的工友，高叔叔只是其中一个，还有一个姓王的叔叔，以及另外一个矮个子圆脸的表叔。

“还没去上学。”高叔叔带上房门回答迟男。

“马上走。”迟男穿上一只鞋子，继续穿另一只袜子。

高叔叔拉开迟男身边卫生间的门，一股厕所味扑进迟男的鼻子，高叔叔进了厕所关上门，迟男能听到哗哗的尿尿声，仿佛也能感受到那尿液的臊气弥漫开来。

迟男回到房间拿上语文课本，走到客厅书桌前将课本塞进椅子上鼓鼓囊囊快要被书本撑破的书包里，迟男还将书包拎起来在椅子上颠了两下，背上书包，迟男打开了房门，关上外面的防盗铁门离开了这个拥挤的家。

这个60多平的小家，算上客厅3个房间，一共住了8个人，在房间里面转个圈都有撞上的可能。这个迟男的避风港位于这座边城的城中心，文明巷里燃气公司老区旧楼的二层，这是一个让迟男从懵懂开始明白漂泊的地方，也是一个让迟男渐渐滋生野心、梦想的地方，同样让迟男看到希望开始寻觅方向的地方。

3. 最好的时刻

从家里出来的迟男踏着夏日的晨光，身旁人民路上车水马龙，拐角处有一家成都小吃，这是迟男的必经之地。似乎每一家成都小吃都一样，早上卖包子、油条、豆浆，中午卖酸辣粉、米线、盖饭。成都小吃拐过去 20 米就是迟男所在的高中，市十二中，这个在全市排在重点院校外的第一，也算迟男人生中的一次小小成就。

迟男背着书包坐在桌子的一角吃自己的小笼包，几平方米的小屋子里拥挤而不规整地摆放着三五张长方桌，陆陆续续又进来一些学生和早起上班的人，人们在夏天的早晨往往来得精神，小吃店的夫妻俩忙得团团转，手忙脚乱地收钱，手脚麻利地递过包子、豆浆，嘴里喊着筷子在门边自取，还有餐巾纸。

迟男是小店的常客，早上在这里吃早餐，中午在这里吃午餐，只有很少的时候中午回家热点剩菜剩饭或者煮点面条吃，每天重复一样的路线，重复一样的生活内容，没有精神去想更多，生活也异常安静，也许那是人生当中最好的时刻。

讲台上站着教语文的班主任，微胖的中年女人，中等身材，面目温和、面容宽广，眉目慈善，脸颊肉多颧骨突出，声音尖细，短发染成黄褐色，总是穿着藏青色的西装套裙，这是学校的教师制服。班主任的治理班级风格却异常严厉，有一套自己管理班级的办法，这也是她多年来一直保持着优秀教师称号的原因，在这个中上水平的学校常年带着重点班级，送走一批又一批考入重点、普通院校的孩子，是一个兢兢业业出色的中学教师。

如炬的眼神逡巡在每一个埋头的同学身上，一共 40 多人的班级，两人一桌，一共 4 列 7 排，迟男坐在靠墙的一列第 3 排，同桌是一个英俊高大略微带着傻气的男生，此刻正想办法躲过老师的目光往迟男的本子上瞟，迟男并不遮挡，他们之间早已配合默契，迟男默默地在脑海中背诵，手底下笔尖处顺畅地流淌出整篇的《兰亭集序》。

早已写完的迟男假装在本子上划拉，因为同桌还没有抄完，迟男用眼光留意着班主任胡娅的行动轨迹，快要靠近她这边的时候，迟男不经意地轻轻碰碰同桌的胳膊。

晨读结束后，开始收作业，迟男作为物理课代表，也在教室的前排忙活着，清点每一组的数量。

“迟男，给我一本抄抄呗？”一个高大的男生穿过乱糟糟的教室过道走到迟男身边粗声粗气地问。

迟男瞥了他一眼，老师们都头疼的老油条，迟男也不想为难。

“你拿吧，别拿太好的，太明显，记得改几个空。”迟男叮嘱。

“放心，我不会那么二。”杨志挑了一本练习册拿在手里，得意地跟迟男一笑。

迟男冲着那笑容翻了个白眼。

“快点，我得送走了。”

从办公室出来的路上，迟男看到齐德伟就在前面。齐德伟，理科班排名年级第一，个子不高，只比迟男高出半个头，在男生中属于矮小的，非常精瘦，五官端正鼻孔略大，皮肤偏黑，寸头，在学校大家都一样套在宽大的校服里，并不十分注重外表，他是所有老师的宠儿，是数学课代表也是学习委员，看样子跟自己一样，刚送作业到老师办公桌。

“德伟。”迟男叫住前面的人。

齐德伟转身，看到是迟男，站在原地等着。

“你收齐了吗？”

“有几个没写完的，管不了那么多。”齐德伟转身走在迟男前面。

“最后那道大题你解出来了吗？”

迟男问齐德伟，迟男相信他肯定解出来了，迟男在这个学校里理科方面在女生中大概可以称霸，但是对于几个男生她还是觉得力不从心，有些望尘莫及，齐德伟就是其中一个。

“解出来了呀，不难，你应该也没问题。”

齐德伟作为学校理科班一哥，自有他的傲气，迟男偶尔会不习惯，但是人家有骄傲的资本，迟男是做出来了，只是不知道方法是否正确，答案是否对，一切都是未知，只有完全确定正确才有这样的傲气。

“我反正是解了，就是不知道对不对。”

两人聊着一前一后地从 4 层回到了 3 层教室。

一天忙碌的学习开始了，还有两个礼拜才到 9 月，才是开学季，迟男刚进入高二，已经上了两个礼拜的课，老师们紧着把课程学完，以便于进入高考模拟。

高考，是眼下最要紧的事了。除了这件事，没什么大事。

夕阳西下，身处闹市中心却听不见喧嚣声，那是因为这些声音已经进入不了这些磨刀霍霍的战士们的大脑。

迟男多年后回忆方才觉得，这是人生中最宁静的时刻，纯粹、透明、踏实。

4. 寄托

迟男背上沉甸甸的书包迎着夕阳走在回家的路上，文明巷两旁热闹非凡，报刊亭的烤肠和冰棍是迟男经常光顾的对象，报刊亭对面跟文明巷垂直的巷子是一个菜市场，这也是迟男经常打交道的地方，卖菜的基本上都认识迟男的父母亲，因为迟男的父亲母亲居住在这里已经长达10年之久了。

“丫头，来啦。”蔬菜摊子里面的女人看到迟男，立刻站起来打招呼。

“阿姨。”

“买点什么，妈妈还没下班？”卖菜的女人笑脸相迎，棚里的电风扇将她的头发吹得乱蓬蓬的，眼角的鱼尾纹被汗水浸泡着，30出头的年纪，已经没有几分女人的气息，从河北还是河南来的，妈妈说过，迟男没有记住，反正身边的人都是来自天南海北，在这座边城不存在原住民，都是外来人。

“还没有。”迟男挑了一棵芹菜递给摊子对面的女人。

“听你妈妈说，你读书很好，以后就不用做我们这些苦活累活了。”女人一脸羡慕地看着迟男，仿佛已经看到迟男过上了某种体面的生活，那眼神里面有一种光，那种光让迟男觉得恍神。

“阿姨家没有孩子吗？”迟男又递了几个土豆给卖菜的女人。

“有啊，上小学了，在老家，学习成绩不好，不像你，给你爸妈争气。”女人有些泄气。

“还小啊，阿姨不用操心的。”

迟男觉得憋闷，才 30 出头的人就把希望全部寄托在孩子身上。

迟男忽然觉得背上的书包又沉了几斤，瘦削的肩膀勒得有些疼。

拎着菜准备拐进巷子深处时，看到路口的音像店，迟男踌躇了一下还是钻了进去，这个只有几平方米的音像店，隔三差五迟男就会来买一两盒磁带，最近父亲不知道从哪里淘换回来一个 VCD，迟男想买两张唱片回去试试。

老板是一个戴着眼镜的中年男人，头发浓密，眉目清秀，身材单薄中等身高，但身上总透着一种精明的商人气息，店里的磁带一般都是 5 块一盒，VCD、DVD、CD 唱片 15 块一张，迟男一般不挑专辑，常常买各种合辑，一人一首成名曲那种，今天也一样，挑了两张英文 VCD 唱片，都叫不上来的英文名，对于音乐，迟男喜欢，但也没有喜欢到钻研的地步，不管是谁，好听就行。

之所以买英文唱片，大概是因为高一的时候英语老师在课堂上放过《贝隆夫人》的选段，女主角演唱的那首《阿根廷别为我哭泣》让迟男记忆深刻，还有就是那首《乡村路带我回家》，迟男觉得应该听一听英文歌，高一时期看“超级女声”受到启发，也让迟男认为有必要听，再有就是英语是所有科目里面最扯后腿的一科，也许听一下英文歌有帮助。

5. 一无所有

迟男钻进小区的铁门，虽说是小区，但其实只有一栋楼两个单元，一层仍然是燃气公司的办公室，楼上5层才是居民区，迟男家是里面二单元的201。

“刘奶奶。”院子里几个老人在石凳石桌上打麻将，刘奶奶是602的，爸妈总说刘奶奶对我们很好，见了面要打招呼。

刘奶奶经常有什么不穿的旧衣服、旧家具会问问爸妈要不要，经常有什么吃的也会给迟男他们家送一点。刘奶奶家的儿子是政府公务员，儿媳妇在银行工作。对于迟男父母这样的人来说，这样的家庭就是很有能力的人。

“丫头回来了。”慈祥精神的老太太抬头看了一眼迟男，目光又回到了自己的麻将上。老太太穿着白底圆点的圆领亚麻短袖上衣，十分宽松，丰盈的脸庞没有多少皱纹，不到60的年纪，对于没有遭受过太多物质匮乏的人根本算不上老年，稀疏的头发两鬓斑白在脑后挽成一个髻。

“嗯，天色暗了，刘奶奶别伤着眼睛。”迟男往石桌前稍稍靠近了一步。

“没事，一会儿路灯就亮了。”刘奶奶指了指身旁大树上的灯，她手边放着一瓶花露水，显然是为了驱赶蚊子的。

刘奶奶对面是一个穿着背心的老头，正摇着扇子驱赶腿上的蚊子。

“刘奶奶您打着，我先上楼做晚饭了。”迟男略微站了一站说道。

“去吧，上了一天学都饿了，回家吃饭去。”刘奶奶抬头温和地叮嘱。

迟男转身走了，听到背后说道。

“是个懂事的丫头，学习成绩不错，小迟全指着这个丫头了。”

“穷人的孩子早当家嘛，也是没有办法的事情，你看同龄的孩子，多少放学了不定在哪儿玩呢，这丫头还要回家给爸妈做晚饭。”

迟男拿出钥匙打开单元防盗门，疲惫地在楼梯上走着，打开客厅的灯，家里还没有人。爸爸跟其他工友们应该还在忙着送货，妈妈要晚上 8 点才能从雇她当保姆的人家回来。

迟男放下书包走到厨房蒸上米饭，剔干净刚买的芹菜，土豆剥皮切块，不到半个小时，迟男开始吃晚饭。端着碗的迟男想起了刚买的两张 VCD，一手拿着碗和筷子，一手拿起客厅书桌上的两张唱片，推开了 3 个男人住的那间房间。因为电视机和爸爸刚弄回来的 VCD 机都放在那个房间，前两天爸爸刚弄回来的时候，迟男已经试过了，没有问题。

天还没有完全黑透，微薄的天光让房间蒙上一层神秘的色。门后面是一个大衣柜，3 个男人的东西基本都在里面，大衣柜的门正对着门，开了房门就不能开衣柜的门，开衣柜的门必须把房门关上，大衣柜的背面是一张大双人床，主人是来自甘肃的小汤叔叔，一个胖且强壮的男人，年轻的还没有饱尝多少责任的折磨，一人吃饱全家不饿的状态，因此显得白胖，是跟迟男比较有共同话题的人。也许是由于年轻，也许是因为普通话说得比较好的原因，小汤叔叔是母亲原来在餐厅打工时一起工作的厨师，后来觉得收入不高，经过母亲介绍给爸爸，成了这个搬家团队的一员。

双人床对面靠墙的是一张双层高低铁床，下铺是高叔叔，上铺是迟男的远房表叔。几张床上的被褥都还维持着几个男人起床时候的样子，被一脚踢开堆在床尾处，能明显地看到床上被睡出的那个人形坑，皱皱巴巴的被褥陈旧并且不干净。因为夏天通风的原因房间里的气味并不明显，若是冬天供暖时节通风少的情况下，迟男每次进这个屋都需要一些时间适应，被浓淡相宜的气味熏到适应。因为电视在这个屋子里，一张四方的饭桌放在两张床中间，偶尔大家也在这个屋里一起吃一顿丰盛的晚餐，迎接或送走新来的成员，庆祝节假日。

迟男将碗筷放在饭桌上，打开房间的灯，屋里不算非常明亮的灯光一下将窗外的微光变成了黑暗，白炽灯映照出了白墙上的各种各样印记，有些墙皮就像牛皮癣一样翻在那里，没有人去过问它什么时候脱落，迟男将电视机和影碟机打开，拆开 VCD 放入，坐在饭桌前吃着碗里的米饭和土豆芹菜。

电视里惠特妮·休斯顿《我一无所有》的 MV，比起那首感动了无数人的《我将永远爱你》，单单是《我一无所有》的曲名就让年少的迟男感到了无比的痛苦，无关那歌曲与电影的款款深情，只因那深刻的一无所有的自卑，迟男感受不到一丝一毫的踏实，一切生活就像是虚幻的，是真真切切一无所有的窘境，让迟男毫无办法的生活窘境，《我一无所有》中的悲伤让迟男沉浸在自己的痛苦中，这种痛苦没有叛逆，更多的是无助和对窘境的害怕，是对这种窘境的明白，无奈的黑暗和遥远的光明，一切暂时都只能这样的痛苦、忍耐和不甘。

迟男反反复复地听着《我一无所有》，沉溺其中。夜色已深，吃了半碗的米饭已经凉透，迟男终于清醒地关掉了电视，到厨房泡了点开水将米饭几口扒完，回到客厅打开椅子上的书包拿出今天的作业坐在书桌前，翻开那些成堆数学、语文、物理、化学试卷，基础题、选择题、填空题、大题，大部分的题目迟男只需看一遍就可以填上答案，考试很多时候也只是一个熟练工种，少有的几道题需要在一旁的草稿纸上演算，一张试卷也不过一个多小时就能写完，较难的大题通通堆在最后来解决。

在这个城市，迟男父母算是打工阶层里的中间阶层，那些从农村到城市打工置办产业的一类应该是上层，那些住在低矮平房朝不保夕的应该算是最底层。像迟男父母以及这一屋子的人的大概就属于夹层的夹层，住在市中心楼房能够遮蔽风雨，亦能在冬天供暖气，夏天有电扇，但是房间里的生活又维持着农民最原始的状态，杂乱腌臜，叫嚷粗鲁。迟男总有一种行走在社会两级的分裂感，走出家门感受城市的文明，走进校园享受短暂的平等，回到家里就像回到原始状态。

6. 初闻

接近午夜，迟男咬着笔杆对着试卷的最后一道题苦思冥想，草稿本已经用了好几页，思路还是没有进展。迟男把各种证明方法都想了一遍，不知道从何处下手证明这个函数的增减性，总是会到某一个算式处让迟男难以继续下去。

找不到思路的迟男将中性笔搁在试卷上，拿起书桌边收纳柜上的磁带，反反复复地将录音机边上的都翻了个遍，也没有放一盘到录音机里。大多都听烦了，此刻做不出题，这些厌倦了的音乐只会恶化情绪，托着下巴另一只手食指放在黑色录音机的按键上跳着寻找思路，出神地看着录音机，有那么一刻眼神恢复了聚焦状态，聚焦在功能切换的那个拨动条上，大拇指轻轻地拨了一下，传来了收音机的声音，迟男猛地回了神，立刻关掉了音量，从磁带堆里扯出北门地下商场花 10 块钱买来的耳机，戴上耳机慢慢地调节着频道，各种各样的音乐，大多数迟男听上几句就换了调频，从 80 多调到 100 多，又从 100 多往回拨，终于被那一句“是谁在撩动琴弦”阻止了手指拨动滚轮，《被遗忘的时光》终止了迟男的烦闷，即便不能找到最后一题的思路也让迟男安定了下来。

一曲终了，一个男性低沉而沙哑的声音响起，那声音无端地让人一阵发麻，如同暗夜中阵阵寂寥的慨叹，让迟男莫名而来的踏实和归属感。

“蔡琴深情而醇厚就像细雨一般柔软地敲打寂寞的心，华人女歌手中不可多得的中低音，那些只依靠纯粹的歌声感染人的年代，让人无比怀念，谁知道呢，怀念的到底是什么，又是谁在哪个被遗忘的时光提醒我们想起过去，不多说了，听下一首歌吧。”

他说话的语调平稳而轻柔，没有太多起伏，却让迟男将每一个字都听进去了。

还没有从主持人那低沉而寂寞的语调中回过神来，伤感的《渡口》从耳机中缓缓流进迟男的心头。以前迟男只是喜欢听一些口水歌，从来没有想过原来歌曲是能如此传达内心的情感，迟男仿佛突然找到了一种寄托。

“渡口送别，夕阳就挂在那河流上，河中倒映斑斑晚霞，渡口边两人握着双手欲说还休，想一想是不是十分的凄美。”

主持人稍作停顿又开口说道：“说点题外话，插播两条广告吧，毕竟广告是能带来收入的。”

迟男忍不住微微一笑，心想居然说得如此直接，这个主持人还真是挺有意思的，前一刻还如同一个艺术家般沉醉在艺术中仿佛与世无争，下一刻就如此赤裸裸地说起广告收入。

一条广告是某区商场打折的消息，一条是口腔医院，然后一段音乐伴随主持人的独白。“人生而孤独，音乐能缓解这种孤寂，吴天音乐伴你左右。”片刻停顿后，一段感性女声，“每晚 11 点，调频 92.9 赫兹，吴天音乐等你来。”

从此，深夜 11 点，92.9，吴天，吴天的音乐节目，这些成了迟男往后近一年的学习陪伴。

那一晚，吴天又放了蔡琴的《你的眼神》、《恰似你的温柔》。数月后这两首歌吴天又曾放过，还有一首《出塞曲》，迟男依稀记得，《出塞曲》让吴天十分感怀，感慨在男人们都蝇营狗苟的时代，却还有女人能唱出这略带悲壮的家国情怀。

这一晚，对于迟男来说，如同捡到了宝一般，仿佛捡到一下让迟男变得不再平凡的宝，让迟男感受到了一种高尚，感受到了生活中不光有窘迫，还有一种神秘的东西注入了生命，生活不再是困窘；这就像有了一种寄托，不错就是寄托，内心盛满了一种东西，让迟男的人生突然变得温柔起来，而不再是以往干巴巴的坚硬的，迟男的人生自这一刻开始，变得柔软了。

7. 手机

岁月平静而往复，平凡人的平凡生活，毫无波澜地往返于家、学校之间，或背书或写题，对于一个努力的学霸来说，日子或多或少都是单调而乏味的，但对于当事人来说是充实而丰盈的。在一个礼拜前，迟男又给自己增加了一项目标，那就是由班主任胡娅规定的每周一篇周记，自觉地变成了每天一篇，因为迟男发现作文拉低了自己的语文分数，高考 60 的作文分自己只能拿到 40 多，语文一门有黄冈、历年高考真题、高考模拟 3 本试卷，迟男每天会从中选一个作文题目来练习，并且第二天拿着周记本到胡娅跟前请教并让她打分。

许多东西都是日积月累就能看出惊人的效果，随着一天一篇的练习，胡娅的打分从 40 多慢慢地变成了 50 多，甚至有过 59 的高分；亦如同对吴天音乐的依赖，从原本的浅蓝慢慢地变成了深蓝。

吴天的音乐，每天一篇的作文写作练习，迟男觉得是这两样东西滋养了自己，让自己慢慢地深刻了起来，似乎对友情、爱情这些东西开始理解，想刻意地选一种深刻而动人的道路或者生活，厚厚的《新概念作文》；青春、雅致、花飞、雨飞、雪飞、诗意盎然深深地打动着迟男的青春，让迟男向往而追随，写作也滋生了迟男倾诉的渴望以及信心。

那一刻有一种顿悟：“喔，原来我的内心如此美丽，如此的丰富而多情。”

转眼已是10月，昼夜温差如同少年与老年般跨越，恰逢十一假期，尽管学校补课已经趋近于疯狂，还是给放了3天假。

迟男背对着窗户坐在饭桌前拿着遥控器无聊地调着电视频道，左手边父亲趴在饭桌上记账，一丝不苟地认真记录着每一天从哪里搬到哪里，多少钱，哪一个工人没有去，这关系到最后的分账。

午后的时光显得消停而清净，房间里只有电视细微又凌乱的声音，迟男一直在调频，整整一下午电视竟没有一句完整的话。

迟男看了一眼父亲两鬓的少许白发，又转向了电视，迟成华没有注意到女儿的眼神。

“上午10点光明路3层搬红海小区电梯11层，迟成华没去。”迟成华一边嘴里轻声念着一边一笔一画地将这句话写本子上。

迟成华跟几个搬家公司都有来往，但是他这个团队却是独立的，不属于任何一个搬家公司，跟一个开货车的司机长期合作，迟成华是这个小搬家团队的头，坚持认为不过是多操一份心，而不是老板。

中等身材略微发福的迟成华长着一张标准的国字脸，眉粗眼大且黑，鼻梁中正笔挺，唇薄面颊丰盈，五官十足端正，年轻时也可谓仪表堂堂，但粗糙暗黑的皮肤以及杂乱浅草般的胡茬预示生存并不轻松，三七分的头发乌黑浓密但杂乱，除了鬓间微白。

卡其色的夹克敞开，里面套一件灰色毛衣扎到裤子里，领口已经磨旧，皮革腰带掉皮磨损严重，腰带左侧挂着两个装手机的皮套，后侧挂着一串数量可观的钥匙，两个诺基亚的直板手机连着一个松紧带正安静地躺在饭桌上，黑灰的裤子泛着些微油光，脚上的牛筋皮鞋磨损严重，其实迟成华已经算是这些工人里面比较注意形象的，虽不华丽但整齐略微干净。

看着记完的账，如同欣赏一般，左手微微拎起本子的一角，右手将笔倒置在桌上有节奏地敲击，嘴微微噘起低声哼起歌来，凳子下两只脚交叠在一起抖动。

看得出来，迟成华今天的心情不错。

其中一部诺基亚手机震动了起来，传来了诺基亚那标准的铃声，迟成华停止哼歌放下账簿拿起手机看了一会儿。

“你好……”

迟男听着父亲方言夹杂着普通话跟人谈着生意，迟成华一伙人在这个城市搬家已经快10年历史，有自己的生存模式，更何况迟成华还是颇有点脑子的，会在晨报上打广告，也在广播电台给自己的小团队打广告，合作的货车车身也印着“宏运搬家139××××××××”的字样，而且每个月都会去印制两盒名片，每次搬家时都不忘给客户留下名片，这一系列的方式，都让这个小团队有干不完的工作，迟成华不仅拓展自己的业务，还跟其他搬家公司合作，这样其他搬家公司忙不过来的时候，也会捡上几趟活。

“不能再便宜了，我们都是下苦力的，挣点钱不容易，太便宜了工人就不乐意了。”迟成华用力地点了一下头，跟客人讨价还价。

……

“再便宜20，300整，你3层都没有电梯，不能再讲了，再讲你找别家吧。”迟成华说得唾沫横飞，堵了全部后路。

……

“行，周6早上9点，周6上午我给你电话。好，再见。”迟成华挂了电话。

又拿起笔在本子上记下了这一笔，搬家时间，费用以及客户联系电话。

写完拿起电话在通讯录里翻了起来，一边翻看手机一边念叨。

“给罗本权打个电话，联络一下感情，明年你回去读书的事还要找他帮忙。”

迟男知道是在跟她说，没有回答。

“罗本权是我小学同学，在县城当老师，已经当主任了，让他帮个忙，把你弄到县城高中，到时候回去给他送点钱，为了丫头你读书爸爸妈妈是操碎了心，你要争口气，爸妈没本事，你要多读点书，不像我们一样挣辛苦钱。”

迟男刚准备开口爸爸的电话就通了。

“罗老师吗，你好，你好，我是迟成华啊。”

“你好，你好。”

“什么老板啊，我们就是个打工的，比不得你们自由轻松，还是多读点书好啊！”

“今年过年不回来，走不开啊。”

“听说你在县里一中当主任了，了不起啊，我闺女后年要高考，这边没有户口，明年想回县里上一年高三，你能不能帮忙办一下。”

“成绩你不用担心，她在这边的重点中学年级前十。”

“那是自然的，没有经过考试进去，收点费用也是应该的。”

“好好好，那就谢谢了罗老师。”

迟男看着老爸放下电话，心里没有更多想法，毕竟还有七八个月的时间，迟男觉得还早。

“说可能要收点助学金，不过到时候会先摸一下你的底，你要是能考好一点，估计就能少花点钱了，丫头你自己要努力啊。”

“嗯。”迟男点点头。

迟男看着桌子上的手机，突然开口。

“爸，给我买个手机吧，回老家了还能跟这边的同学们联系。”

迟成华愣了一下，盯着迟男看了一会儿，想说什么又没说，转头盯着电视上迟男正在看的韩剧《小妇人》瞅了一会儿说道：“走吧，下午我没什么事，去北门移动营业厅给你看看。”

迟男愣了一下，她没想到爸爸这么容易就同意了，迟男买件衣服爸爸都会说几句的，没想到要个手机这么容易，她只是想随便买个哪怕小灵通也好，迟男是怕跟这边的生活完全割裂了，迟男终究是害怕老家的，害怕贫穷和落后，害怕粗俗无礼。至少老家留给迟男的印象是这样的，包括曾经的自己，是那么的愚昧无知。

迟男跟父亲两人趴在玻璃柜子上一路看过来，迟成华让柜员拿出来的几个诺基亚迟男都没点头，迟男看上了一款联想的金属包边的黑色直板，一千多，迟成华看着价格有些犹豫，还是拿着几款七八百的诺基亚让迟男看。

迟男趴在柜台上，几部手机都摆在面前，只是看着。

“你到底想要哪个？”迟成华见迟男不说话的样子有些恼火。

“爸你定，能用就行。”迟男跟她妈妈一样，一贯知道如何对付她爸爸，那卑微又可怜的虚荣心。

“我定我定，你想要哪个就说。”迟成华有些气急败坏，狠劲地说话。

迟男有些脸红，看了看柜员的表情，迟男觉得有些尴尬，迟男爱面子，只剩点面子，中考那年，中午到了考点外在小商店给爸打电话，结果那话机是功放，小商店的几个女的就一直听着电话发笑，迟男说不出那是一种怎么样的感觉，只是觉得丢人，撂下电话给了钱就走了。

从小家庭就贫穷的迟男，因为父母的影响，内心里早早形成了低人一等的自卑。母亲总是会跟迟男说，爷爷奶奶欺负我们，叔叔姑姑欺负我们，乡里有钱的欺负我们，迟男形成了一种惯常的卑微。因为穷会被人欺负，会被人嘲笑，所以迟男在学校从来不想让人知道家里穷，也从不肯对外直言父母的工作。迟男知道父母的工作并不体面，会让她没有面子，会在同学里抬不起头来，这不是她的假设，而是切实存在的。高一的同桌只因常被嘲笑胖，服药自杀了，迟男一样没有那么强大的心理，从源头上避免着伤害，尽管迟男本身也是虚荣的，奈何父母又屡屡让她没面子。初二的时候，父亲去开了一次家长会，跟另外一个姑娘的爸爸说自己挣钱辛苦，也挣不了多少，第二天那个同学就当着好几个同学把迟男爸爸对她爸爸说的话说了出来，迟男虽有些无地自容，但还是笑笑说父亲开玩笑。

有些人生长环境淳朴单纯善意，但是会被社会的染缸慢慢染变色，有的人是在腌臜粗俗、蝇营狗苟中生长，要在不断地经历世事后才会渐渐地感受到善意，原谅自己与他人，能面对自己的不堪能原谅自己，也原谅他人的恶意，这就是成长的过程。

那时候的迟男若多几分善良，多少明白点物质并不代表优越，也许就会体会父亲的辛苦，不跟父亲耍心机，要更贵一点的手机，然而那样的成长环境，那样的年纪，又从哪里莫名其妙冒出来善良呢，不过是一丝心机满足一丝虚荣。并非穷人的孩子便单纯，反倒是那份贫穷滋生出更多的小心机，就像自己的母亲一般，卑微的女人始终用微不足道的小心机折磨自己的丈夫一般，多年后迟男才明白那些冷嘲热讽、苦肉计、以退为进的心机是那么的自私又是那么的可怜，自私到不顾家庭和谐不在乎孩子的成长，却又因为只能在一室灶台间腾挪计较短长显得可怜而卑微。即便父亲只是一个依靠搬家讨生活的农民工，那也显得比母亲在世上更有生存能力，也许父母亲说的读书总是好的，其实是知识，好处就在于可以有更自由一点的选择，让迟男可以选择庸碌社会还是一室灶台。

也许教育是不公平的，但知识是公平的，成年后的迟男总在思考的问题是，若父母能有一些更强的学习能力呢，可是他们又从哪里去培养自学的能力，如果说成年以前的学习机会依赖于父母和社会，那么成年以后的学习机会大部分取决于自己，无论如何，父母说读书总归是好的。

最终，迟成华给迟男买了那更贵的联想手机，迟男掩饰着自己的狂喜跟在父亲的身后，班上还没有几个人有手机，迟男是高兴的；那些年迟男总是跟在父亲后面，很少跟父亲并排走在一起，多年后，父亲很少跟迟男并排走在一起，总是走在后面，迟男等父亲走上来可悄悄地父亲又落后了。两人选择走在后面的原因却是截然相反，此刻迟男害怕跟总是一身脏灰又有些土气的父亲走在一起，迟男害怕他人的目光，多年后父亲不愿意走在一起，是害怕别人对女儿投来异样目光。只有成年后的迟男陪着父亲回到家乡时候，父亲是最愿意女儿挽着他胳膊走在家乡的街道上和村子里，那是一种别样的自豪。

那是大学第二年，也就是 2009 年的夏天，快开学之际，迟男的爷爷去世，迟男跟父亲两人分两地往老家赶去。安葬完爷爷之后的某天，迟男跟父亲去看了看自家的土地。日落时分，回家的时候，迟男挽着迟成华的胳膊两人慢吞吞地走在乡村马路上，两旁郁郁葱葱的白杨还是迟男儿时记忆中的模样，那是自己跟父亲难得的和睦。

迟男犹记得那天父亲颇为欣慰地说了一句：“跟爸爸这么挽着走多好啊。”

8. 吴天

2006年10月中旬，边城天寒，阴冷的天气仿佛盼望着今冬的第一场雪，南门新华书店前的大转盘车来车往，一辆出租车靠在了路边的公交车站下，牛仔裤光面尖头皮鞋，黑色羊毛大衣，衣领竖着，长发披在肩后，一种清冷桀骜不驯之气在被冷风吹起的发丝上穿梭，吴天将大衣领口往中间拎了拎，让冷风不那么容易灌进脖子里，枯瘦的长腿一步一步地朝着新华书店旁的绿岸音像店走去，长发在风中放肆地飘扬，而立之年的吴天没有老成，亦没有青涩，浑身散发的唯有那透着桀骜的深入骨髓的寂寞。迟男常常在想，即便他的艺术不够艺术，但他本人就是一件艺术品，有些人终究把自己活成了艺术。

“老于。”推开厚厚的玻璃门，吴天冲着一个中年男人打招呼，男人正在整理那边刚刚被几个中学生翻乱了的唱片。

听到有人喊自己，中年男人转过身来。

中年人有着文雅的外表，一件质地细腻的圆领褐色毛衫，一件光滑的黑夹克，头发柔顺而整齐，能看出岁月融入性格的温和，冲着吴天一笑，眉眼弯弯牙齿洁白，说不上有多英俊，但纯粹让人舒服。

“哎，吴天，你怎么才来，他们都等你好一阵了。”言语中略有嗔怪，语气平缓。

“老太太拉着我絮叨了半天，好不容易脱身。”

吴天无奈地笑着回答，朋友们都知道吴天只有一个母亲，母亲总是希望吴天能正常一些。

“你今天晚上的节目主题想好了吗？我先给你找找音乐，你排练完了看看。”老于绕过中间的一些唱片架走过来问吴天。

“还没有想法，先练一下吧，练练有灵感了再上来告诉你。”

吴天说完就朝着后面的一个下楼通道走去，墙上贴着“迪斯琴行由此下楼”的标志。

吴天几步就跳下了楼梯，左侧是迪斯琴行，吴天直奔右侧而去，推开了一个房间，房间的中间贝斯手和鼓手在自顾自地拨弄着自己的乐器。

“还以为你今天不来了。”鼓手抬起头看着推开门进来的吴天。

“开始排练吧。”

“你们家老太太又教育你了。”俊秀的贝斯手开玩笑。

“废话这么多，练不练？”吴天走到中间抓过话筒顺便给了贝斯手一脚。

“练练，开始吧。”留着寸头的贝斯手躲过吴天的脚笑着拨弄了几下琴弦。

一旁电钢琴的音乐缓缓响起。

吴天从牛仔裤口袋里掏出烟，点燃一支夹在手指尖，坐在独脚凳上，一只手抓着话筒，凝视着电钢琴手凑近麦克风开口唱出。

“点燃这支香烟，让光亮爆炸着黑夜……”

间隙时吴天会抽上一口手里的烟，琴房乐队专注地排练时，整个边城的第一场雪洋洋洒洒漫天而来。

大学沾染上的摇滚，吴天一直没有放下。

雪天天色昏暗，绿岸音像店大门正对着通往迪斯琴行的楼梯，被摇滚裹挟到热血沸腾的吴天几步从楼梯上跳了上来，正好看见几个穿着校服的男孩站在店门口的地毯上抖落衣服上的雪花，眼神穿过玻璃门看到屋外的纷飞大雪。

“想好晚上放什么了？”老于问看着大雪发呆的吴天。

吴天抬手指了指屋外的飞雪冷淡地说道：“放刀郎吧。”

老于转身从一个最近的唱片架上拿来了所有刀郎的专辑递到吴天手中，随后去照顾刚进来的中学生，吴天抱着唱片走到角落的试听区，挑了一个唱片架坐在上面，背后靠着无数的 CD，戴上耳机。吴天认真地挑选着音乐，室外昏暗室内明亮，孤单坐在角落的吴天如同少年般宁静。

迟男背着书包走在回家的街道上，飞雪落在迟男的短发和乳白色的书包上，沉重的书包将迟男压得微弯着背，瘦削的迟男穿梭在下班的人流中，雪花掉在眼睫毛上化掉凝成细微的水珠。迟男是南方人，在班级中属于课间操需要常年站第 1 或第 2

排的那一类，身材娇小脸庞也小，唯独一双眼睛遗传了父亲的又大又亮，十分好看，自从高一时期做过牙齿矫正后，牙也白净整齐，是一个透着灵气的女孩子。

回到家忙完家务后，迟男站在父母和自己的房间，看着后面院子的雪景，后面的院子干净而环境优美，那是工商银行的家属院，的确属于职业中的贵族。迟男站在这个拥挤而狭窄的小房间里呆看了许久微茫路灯下的雪飞，青春期对于美的界定和渴望呼之欲出，对于身处迟男这样的生活环境，是那么的难能可贵，雨飞雪飞对每一个人的青春期是公平的，是充满了想象和期盼的。

在学校自习课时已经将几张理科试卷写完的迟男，坐在这难得的书桌前拿出了周记本，书桌一角堆放着从北门新华书店买来的近几年的新概念大赛作文集，迟男几乎翻了个遍，不知不觉时间快要接近夜里 11 点，迟男打开了手边的黑色收音机，调到 FM92.9 等待着那让迟男每一首歌都能去认真听的吴天音乐，笔尖还在写着那或引用典籍或借用名人名言的周记作文。

耳机里传来了 11 点的报时，一段那特有的少数民族音乐之后，刀郎空阔沙哑苍茫的声音响起，只不过是 2006 年的第一场雪，迟男心想。

“下雪了，为了应景，放了这首歌，同学们没有意见吧。”吴天那低沉而寂寥的声音深深地扎入迟男的脑海，迟男在心里也低低地附和了一声，是啊，下雪了，很美是不是。

也许大概吴天也知道听他的节目很多都是高校的学生吧，

所以总是用同学来称呼听众。

“下雪了，如果有什么想跟我说的，就发短信来吧，106××××××。”吴天清冷地说道。

迟男拿起手边的手机，内心迟疑着，明年就要离开这座边城了，大概以后也不会常来了，要留下一些什么吗，可是说些什么呢。迟男想有人能够懂和明白自己那诗情画意的内心，想让自己是不一样的，想被人记住，也许还想留下情愫。总之，迟男想要刻意地做一些什么。因为要走了，对于花季雨季，离开是一个令人心碎的词汇，对于青春来说，相爱是永久的，分离也是永久的，对于没有更深刻知识来源的迟男，何尝能在那个时候就听过冰心父亲叮嘱冰心的“清净伟大，照射光明的生活，原不止灯台守，人生宽广的很”。

耳机里又传来吴天的声音：“草原之夜演奏版，这样的夜晚，适合这样的悠扬。”

吴天话音刚落，传来了马头琴的悠扬。这首曲子彻底让迟男心飞扬，内心有一种暗夜花开的欣喜和柔情，我想跟他说说话，我想让他不孤寂，怀着这样的心情，迟男拿起手机开始编辑短信。

“入夜时分，后院微黄灯光下雪花纷飞，抬头望向夜空，漫天冰凉扑面而来，雨飞雪飞；仿佛伴着一曲草原之夜的悠扬漫步草原星空下，欣然欢喜。”迟男编辑完短信微笑着伴着音乐将文字发送了过去。

吴天在广告的间隙浏览着后台听众发来的短信，点开了最新一条短信，夹着烟的手微微一抖，好美的画面，一个优雅女子安然赏雪，如诗般语言也像清泉一般流进了吴天那坚硬的外表与内心里，欣然欢喜 4 个字好像有魔力般也在吴天的内心化开，不由欣然欢喜。

吴天放了刀郎唱的《敖包相会》，一首民谣回荡在不同的空间。吴天憧憬敖包相会一个优雅温柔娴静美丽的女子，而迟男的幻想来得更为悸动，若自己不是如此这般年轻，生活又不是如此困窘，真能与吴天漫步草原星空，那该是何等的浪漫而幸福。如此这样想着，不免淡淡忧伤，但是谁还能管住一个人的思绪呢，明知只是一个幻想而已，放肆一些又如何，假设吴天看到了自己的短信，假设吴天心动了又如何，不知道是吴天真的因为这短短的短信被打动，还是迟男的错觉，迟男觉得之后的节目中，吴天语气变得温柔了许多，似乎在跟自己对话。

演播室里吴天接连地抽着烟，想起了自己的大学时光。谁人不曾年轻，不曾花飞雨飞呢，没想到一个成熟的女人还能如此如梦似幻。吴天主观地将短信那端的人设定为了成熟温柔美丽的女人，如此美丽的心境，谁说不是呢。

这天节目的最后，吴天放了一首陈慧娴的《飘雪》，那就是他的青春，又美又心疼的青春。

9. 音乐与诗

整整一夜的大雪，边城正式开启了冰雪之城的世界，又一次，迟男走在飞雪漫天的放学路上，准备拐入文明巷回家的迟男，突然被十元店门口大音响里的《认真的雪》阻碍了脚步，突然之间，迟男想在这匆匆人潮中安静地站上一会儿，前面不远的天桥是迟男逛街时常路过的，伴着“雪下得那么深，下得那么认真……”这温柔又美好的歌词，在那动人的爱情旋律中，迟男仿佛懂得了爱情，伴着微微的心疼，还有一种思念的煎熬，还有就是心中有所爱的满足与幸福，仿佛心里塞了一团棉花，软软的暖暖的。

爱是那么的没有道理，来的又是那么的突然，谁又会去在乎现实不现实呢，迟男记得看电视剧《天龙八部》的时候，王菲唱了一句：“如是我闻，仰慕比暗恋还苦……”原来青春的爱那么简单，却又那么的欣喜而苦涩，初尝爱之苦涩的迟男，只觉心中柔情似水般微微发疼。

迟男久久地站在天桥上，看着桥下车水马龙，渐渐恢复清醒，回去读书，也许我有一个晴朗的前程，我还可以去找到吴天，有资格去告诉他喜欢他，让他喜欢上自己，要去搏一个未来，迟男如此想着，恋恋不舍地离开了天桥，爱的孤寂有时候也会让人着迷和沉溺。

多年后迟男恍然明白，青春时是那么的刻意，却是那么的难忘，原来青春无论是有意还是无意的，那些都深深地烙在人生中，就像迟男多年长大后深以为意李宗盛说的那句“人生没有白走的路，每一步都算数。”

2006年11月3日，小雪。

迟男在发给吴天音乐的短信中如是说：“执着地追逐梦想大概是幸福的，寻梦的路上是宁静的，这个旅程也是孤独的，曾记得有人说，人跟人是不能相互接近的，活着不行，死了也不行。”

吴天吸了一口烟沉沉地说道：“梦想是好的，然而茫茫人世，何不寻一志同道合之人彼此慰藉。”

多年后的迟男才明白，原来自己当初所谓的梦想不过是在社会中谋一席宁静而平和的生存之地，对于那时的迟男，这就是梦想，一家人的梦想，不用再惧怕漂泊，能在漂泊中更能抓住命运的方向。

2006年11月4日。

冬日午后暖阳照耀在边城二十中扫雪的迟男身旁，跟同学们嬉笑开怀的青春少女变得自信了许多。

吴天吸着烟，不去听正在播放的李宗盛、陈淑桦那首《你走你的路》。

“如果你的生命注定无法停止追逐，我也只能为你祝福，如果你决定将这段感情结束，又何必管我在不在乎……我将要孤独，在我们相识的最初，你走你的路……”

迟男听着歌词，内心有一丝颤抖，也许就是那个意思，也许是自己误解了。

吴天想自己的郁闷来得莫名其妙，这只是一个听众发来的生活感悟而已，偏偏自己会上心。她说她要追逐梦想，愿意孤独。昨天的短信让他莫名伤感，原来她要的是孤独，是自己多想了而已。

迟男微微叹气，本就是不能走进现实的，自己只是享受这样一种付出和惦念，迟男享受的便是这种似是而非的感觉吧。

这天节目的最后吴天如是说：“红尘事，不过尔尔，逍遥与自由才是根本。”

“红尘多可笑，痴情最无聊，目空一切也好……”迟男伴着《红尘笑》的歌声一时发蒙，内心有一个疑问，是不是昨天的信息让他伤了心。与此同时，歌声中的那种穿透红尘事的清醒让人觉得伤怀，迟男亦希望能有逍遥自在的生活。

多年后的迟男，时常还会怀疑，跟吴天之间到底是自己的幻想还是真实存在过感情。如果是幻想，可是多年后迟男都觉得那音乐与诗的交流如此真实，若是存在过，为何找不到现实的踪迹，也许终其一生，这些心伤与风花雪月都只存与迟男的记忆中。

这一天，迟男没有给吴天音乐发短信。

2006 年 11 月 14 日。

马头琴演绎的《达古拉》流转在边城所有收听吴天音乐的人耳中。

吴天依然在如此悠扬的曲子中抽烟，他不止一次跟听众们表达过，他不喜欢这份工作，他也同样不正常地总是在这个时间段依靠香烟来度过，或许是孤独，或许是空虚，或许是挫败，总之他毅然如愤青一般矫情，他一样是活得刻意的，因为在他的理解中，如果正常了，何来艺术，何来诗与音乐。

每晚都坐在书桌前学习和听吴天音乐的迟男，就像是个木偶娃娃般生活，生活于她又简单又煎熬，吴天音乐是单调中的唯一亮色，仅存于心里的亮色。

迟男拿着父亲为他买的联想黑色手机，双手捧着编辑着短信，昏黄的台灯下手机屏的亮光将迟男的脸庞照耀得雪白，两只大拇指在淡蓝色键盘上来回行走，时而停下思考。

“《达古拉》的忧伤如同清水缓缓灌满了全身，让人变得轻飘飘地，没有力量地，如同浮游般飘来荡去；马头琴的悠扬像躺在蓝天上的白云里，那份淡淡忧伤也回荡在无边无际的蓝天中，虽觉伤感却也开阔。”

吴天看着这文字，掐灭了烟，淡淡的笑意挂在脸庞：“节目的最后，感谢北门新华书店旁的绿岸音像的老于，谢谢他提供的音乐，祝好梦，晚安。”

迟男仿佛感受到了吴天的温柔，因为难得。

迟男在心中微微低语：“晚安！”摘下耳机，继续奋斗在高考前的四季日月的凌晨。

10. 胡娅

2006年年底，距离迟男高考还有一年半，全员都已经在备战状态，每周末迟男所在的理科重点班还有另外一个理科重点班都要在一个成人教育学院上课，因为政府新规定学校不允许补课，所以周末的课只能租用成人教育学院的教室。

不用去学校，同学们都不再穿校服，迟男也穿着自己从北门地下商场买的牛仔裤与运动鞋，同学还是学校的原班同学，老师也还是自己学校的老师，只不过周末两天只上要高考的科目，因此，一天下来，几个老师都上了课，余下的课那就谁有精力谁上，都上不动了就自习。

下午，老师都在隔壁的休息室休息，同学们在班里自习写试卷，私底下嘀嘀咕咕聊天的不少，声音实在大了学习委员齐德伟会从第一排站起来环视一圈，凡是没认真学习的都有自觉性，会看看后门或者是窗户的上半段有没有一双眼睛和脑门。这是每个中学班主任都掌握的绝技，胡娅也不例外。

写完一张试卷的迟男也自觉地回头看了一眼窗户和后门，没有发现胡娅的踪迹。她从裤子的口袋里掏出了手机，迟男也不知道掏出来做什么，2006 年的手机，除了电话短信也没有更多的功能，充其量也就是听听音乐，具备了 MP3 的功能。就在迟男还没搞明白自己要做什么的时候，教室的门被推开了，迟男紧张地立刻将手机塞进了课桌，装作专心地继续学习，胡娅慈祥而宽和的面容上毒辣的眼神紧紧地盯着迟男，一步一步地靠近迟男，双眼中明显含着怒火。

抓着笔的手心都出了汗，迟男低低地埋着头一动也不敢动，心里一遍一遍地祈求是其他人被她抓住了，迟男还在祈祷的时候，胡娅站在了她的身边，迟男感觉黑压压的喘不过气来。

“拿来。”胡娅冷酷而清凉的声音响起。

迟男只是低低地埋头，没有任何反应。

“站起来。”胡娅保持原来的音量。

迟男仍旧没有反应。

“站起来。”

胡娅猛地提高的音量，吓得迟男一哆嗦立刻站了起来。

“出来。”胡娅继续呵斥到，此刻全班静悄悄地都看着胡娅和迟男，那些没有被抓住的暗自庆幸着，整个年级谁不知道，看似温和柔软的胡娅最是严厉，定的规矩基本都是说到做到。

胡娅让开了一点空间，迟男紧紧地捏着手从座位上走出来站在过道上，迟男的同桌埋着头不敢看发生了什么。

胡娅亲自将迟男课桌里的东西一样一样地掏了出来，找到手机之后就拿着转身离开了教室。

迟男在过道里一直站到了这节课结束，直到课间才坐了下来，她在等胡娅叫她去办公室，但是后面的几节课，都没有等来胡娅的通知，尽管一到课间迟男就盯着教室的大门，也没有盼来胡娅或者哪个同学传来的话，焦灼无比的内心像被油爆一般，课间同学们的打闹，教室的声音仿佛与她无关，剩下的几节课心思全都在胡娅身上。

终于要放学了，同学们都收拾好书包离开，只有迟男没有收拾，内心忐忑硬着头皮去了教师办公室，胡娅还在批作业，仿佛在等人一般，有不少老师已经离开，还有几位在收拾东西，迟男走到胡娅身边，一言不发默默陪在一旁，其他老师一看这样子就明白有事，没打招呼径直离开，办公室就剩下坐着哗哗翻作业本的胡娅和站在一旁的迟男。

“谁给你买的手机？”

“我爸，明年我要去老家县城上学，买来联系同学的。”迟男急切地解释了一句。

“我说没说过手机不能带到学校。”

“说过。”

胡娅将笔搁在了一本翻着的作业本上。那是练习册，胡娅只是翻开写上阅而已，她带的是重点班，靠的是治心而不是在海量的作业批改上。那些能考上重点院校的，这些练习册早就写完了整本，而且会给自己额外增加任务，例如迟男这样的，之所以还要批改，一是教学任务，再就是对那几个特殊点的，稍加督促。

“那今天怎么回事。”胡娅抬头盯着迟男。

“我早上忘了放下。”迟男觉得嗓子有些干哑，细得跟蚊子似的声音快要发不出来了。

胡娅拉开抽屉将手机拿出来放在桌面上，用下巴指了一下。

“拿回去吧，你是个聪明的姑娘，响鼓不用重锤。”

迟男伸手用几个指头将手机拨过来拿在手中，感觉如释重负，迟男不是不知道，有几个男生的手机已经在胡娅的办公桌里躺了好几个月，

“谢谢胡老师，我不会再带了。”原本迟男以为拿不回来了，只是来试试，赌上自己在胡娅心中的那点好感。

“回去吧。”胡娅没有抬头，胡娅之所以还给她，的确是对迟男有好感，毕竟是学习尖子，也没犯过什么错，还有就是觉得可惜，带到毕业肯定能走个好学校。

迟男太聪明，聪明得过头，那是一种少年老成，用心眼度量着一切，过早地将人生看作交易的聪明，缺乏真诚。

“迟男，马上就高三了，不要因为其他事情耽误了人生大事，过了这个坎，什么都来得及。”已经走到办公室门口正暗自庆幸的迟男听到身后传来胡娅的声音，胡娅是一个单亲妈妈。

迟男心里咯噔一下，脸上一阵发白，转过身毕恭毕敬。

“我知道了，胡老师。”

这孩子文章写得越来越好，文章写得好的人都免不了要去思考，思考会让人变得痛苦，也会让人变得更有觉悟，胡娅自己这样想着。

迟男拿着手机坐在回家的公交车上，这车水马龙霓虹穿梭，手指摩挲着键盘，雪又开始飘了。从什么时候开始，迟男觉得自己不再是那个傻里傻气的小女生，而是充满了想法的高贵女孩儿，不再是那个刚到这个城市时被体育老师讥笑为恐龙的小丑般的女孩儿，不再是那个自尊被肆意践踏的女孩儿，而是无论在学业上还是灵魂上都变得优秀和包容的女孩。那是在 97 路公交车上，初二时候每天上学放学的交通工具。

2004 年夏天，迟男就在成教学院隔壁的农民工子弟“华杰”私立学校上初二，那时候的迟男普通话不标准，牙齿不整齐，又黑又瘦小，总是喜欢一副成人打扮，就是十足的“杀马特”，骄阳似火午后，充满坑洼的操场上，初一、初二、初三，3 个年级加起来不到 30 个同学的体育课上，闹着笑着集合，矮小的迟男站在第一排，被年少轻狂的大男孩般的体育教师无端讥笑了一句“你是个恐龙”。迟男怒火中烧地退出了体育课，也再未出席过那位老师的体育课，将那份自卑和伤害深深地埋进了内心，只在时常照镜子时怨恨命运，甚至于摔打东西痛哭流涕，直到高一时，百般求告父亲，花了一千多块钱，迟男戴上了牙套，因此，她也做了近一年的“钢牙妹”。

此时坐在公交车上的迟男，自己亦无端感慨，原来人可以有这么大的变化，曾经那个被人嘲笑的女孩儿似乎从外形和灵魂上都脱了胎换了骨。

“幸好拿回来了，不然没法给吴天发短信。”这大概是埋在内心最深处的想法，还有爸妈那里也免了一顿数落，幸好拿了回来。

11. 春游

2007年1月4日。

迟男："梅兰竹菊各有各的气节，梅有梅的傲然幽香，兰有兰的清秀脱俗，竹有竹的柔韧静谧，菊有菊的高洁秋芳，四君子自有四君子的俊秀，如同世间美好的东西都是一样的，自有一番别样的纯粹动人心魄。"

吴天："浪漫是一个美好的东西，但却不是所有人都有资格浪漫的，至少对于你我这样的穷人来说，浪漫是有些奢侈的，你说呢，不过送你一首音乐的代价我还是有的，日本歌手谷村新司《有谁共鸣》。"

暗夜中，昏暗的台灯灯光中，迟男闭目靠在椅背上，谷村新司温柔而浪漫的声音从耳机缓缓绕过迟男的大脑，《有谁共鸣》这样的歌曲应该是感伤的吧，但听不懂日语的迟男却觉得这声音别样温暖，就像躺在花蕊间那般美丽而温暖，被温柔包裹，浪漫而幸福。

世界太大，我们太渺小，以至于找不到那个有共鸣的人，我们才需要诉诸音乐、文学、诗歌，找到我们灵魂的寄托，我们才会更少地感觉到孤独和寂寞。

吴天夹着烟，脚上的皮鞋踩在雪地上发出嘎吱嘎吱的声响，最近老太太对自己似乎满意了不少，老太太每天总是面带微笑呆呆地看着吴天，吴天察觉后扭头问她看什么，“你最近脾气好了许多。”老太太会这样回答，吴天内心亦是高兴的，他相信那只是需要时间的吧。

2007 年 1 月 10 日，冒着大雪纷纷，迟男钻进了路口的小音像店，站在唱片架前迟男浏览着面前的唱片，一双孤狼的眼睛吸引了迟男，马修·连恩《狼》，狼代表荒漠中的生存与孤独，这一点让迟男想起了吴天。

马修·连恩《狼》，每一首音乐都让迟男记忆深刻，让迟男感受到音乐的优美与生命。

2007 年 1 月 13 日。

吴天在话筒前说：“宁静安详美丽的夜晚，有梦想的人可能累了，班得瑞《追梦人》，寻梦的路上总有些疲惫，但我希望那逐梦的人如同《追梦人》的意境，送给你，愿你好梦，祝晚安！”

迟男：“马修·连恩是一个内心广袤的男人，《狼》专辑中蕴含着悲悯、凄美悲壮、孤独、细腻的富饶情感，作者无疑是一个情感智慧到极致的人，尤其是《皮尔山谷》从意境中所能感受到的宽厚、伟大、深沉、广袤，让人深觉胸中宽广。晚安！”

2007 年 1 月 5 日。

迟男熟悉的《布列瑟农》旋律从吴天音乐中响起，迟男心中欢喜，因为迟男知道，吴天从不会让观众在吴天音乐节目中点歌，即便有人发短信说点某一首当下最流行的音乐，吴天会把这种短信拎出来直接回绝，并且加上一句："对不起，你走错了，吴天音乐不接受点歌，我也不知道你说的是什么歌。"但是自己的短信吴天却能够看进去，并且在节目中放自己提到的音乐，这一刻，因为马修·连恩，迟男觉得吴天与她之间是心意相通的，那是一种甜蜜，一种爱人之间默契相知的默契，《布列瑟农》中的忧伤此刻大概与迟男无关，她没感受到离愁，而是幸福。

远方雪山上的白雪皑皑只剩下了山顶上的一点点的白，城里道路两旁的树木都挂满了嫩绿的鲜芽，班里关于春游的话题传得沸沸扬扬，终于这天，高大的女班长白倩倩趁着早读没有老师的时间拿着笔记本站到了讲台上。

白倩倩在矮小瘦弱的迟男眼中是一个扛把子般的女人，不光身材高大偏胖，性格也十足的霸气，跟班主任的气质十分贴切，留着短短的头发，但总喜欢全部抓到脑后扎成一个小发髻，皮筋只能扎住一小茬，总有那么些扎不住的迎风飞扬。管理班级的时候经常拍桌子狮吼功，班主任不在的时候苦口婆心地跟他们训话，要争取年级第一的称号不被同为理科重点班的一班抢走，要保持我们的荣誉对得起为我们辛苦的胡老师。总之这是一个让老师还有同学们都信服的班长，只是为难了白倩倩，她同样是理科尖子，成绩在班级前十，比起迟男这样的，白倩倩更没有犯错误的机会，形势更不允许她犯错误，迟男亲眼看见过胡娅骂她的情形，在迟男看来，太可怕了。

白倩倩扫视了一下班里所有的蓝白相间校服。

“咳。”

清了清嗓子，女班长微微抬起下巴慢条斯理娓娓道来，可见早已熟稔，白倩倩声音清亮，神情也自然，两年的班长干下来，已经非常泰然自若。

“那个天气好了，我们下学期就是高三，以后学习压力会更大，时间也更紧张，所以班委研究了一下，决定全班出去放松一下，胡老师已经同意，时间定在下周三，我们包了一辆车，请了一个向导，每个人费用是 50，下周三早上 8 点从校门口出发，尽量能不请假的就不要请假，同窗三年，能出去一起聚一聚也难得，没有特殊原因的明天记得把费用带来。”

说完白倩倩就从讲台上踱回了自己的座位。

教室安静了那么几十秒，大家一时都还在琢磨，很快就叽叽喳喳地讨论了起来，前后桌一起讨论，隔着过道讨论的。

“咱们每个人带几样吧，别带重了。”

“不知道那天下不下雨，记得带伞。”

“不会吧，要是下雨，那就太带劲了。”

“带一副扑克吧。”

“别逗了，老师能让玩。”

迟男和同桌陈亮也转过身跟后桌两个女生商量，陈亮瘦高帅气，较长的毛寸总是清爽潇洒，手指白皙修长，不过在迟男眼中这些都算不上优点，毕竟成绩不够好，总要抄迟男的作业，显得有些傻气。

好在陈亮貌似喜欢的是他们后面桌的傅微，迟男听着他们的讨论，落到她头上的任务她都通通答应，穿过缝隙，迟男的目光落在了王枫的身上，此刻正安静地听着同桌说话。

他去吗，迟男在心里想，迟男记得当初齐德伟告诉自己王枫没有父母，依靠沿海某个陌生人资助时，迟男有多吃惊，不知道50 块钱对于他来说算不算负担。

行走在社会边缘的人也许才会容易同情同样是在边缘的人，就像电影《这个杀手不太冷》，都被这个世界遗落在某些边缘，要么互相伤害，要么相互取暖。

迟男知道自己的边缘，终归与其他同学格格不入，王枫又何尝不是，边缘的人都是敏感的，因此才会认为在艰苦环境还能长成乐观坚强是难得的，因为毕竟大多数都是敏感而容易受伤害的，迟男如此，王枫亦如此。

迟男想自己在大多数同学眼中应该都是个怪胎，毕竟怪也是一种证明存在的方式，迟男学习成绩异常的好，在老师眼中是乖乖女，私底下又在脑后留着奇怪的小辫子，每周三、周五体育课的时候除了背着书包，还会挂一个篮球在肩膀上，矮小的迟男套在大大的校服里，再挂着一个硕大的篮球，在女孩儿中实属怪异。因着成绩好，老师都容忍了她的小辫子，这一点迟男是明白的。

体育课时自由活动，抱着篮球的迟男注意到了正在操场边柳树条下面愣神的王枫，迟男将手里的篮球投了，没进。

“你们玩，我找他有点事儿。”没有再去抢掉下来的篮球，迟男丢下这句朝着操场边走去。

“春游你去吗？”迟男走到边上贴着瓷砖的台阶上坐下，正好坐在王枫的面前。

“想去，但是不知道怎么跟阿姨说。”王枫口中的阿姨就是沿海资助他的人。

王枫比齐德伟略高略胖，成绩中等，是属于刻苦努力的男生，也许是生命中承受的太多，不管怎么努力也难以做到优秀，这就是命运不公平之处，并不会因为你更努力，也不会因为命运更坎坷而给你更好的待遇；也许越是想的多，越是沉重，越不能轻松地学得更好，学习跟生活是一样的，待之愈紧张愈看重，反倒不能给你更好的回报。

迟男不知道如何回答，捡起一根柳条弯腰手肘撑在膝盖上，用柳条扫着塑胶跑道上脱落的橡胶粒，大颗粒的拨拉不动，迟男加大力气抽。

“再过几个月我就要去老家县城读高三了。”

“你成绩好，在哪儿都能考好。”王枫笃定地说。

“王枫，你说命运是公平的吗？”

“应该不公平吧，不过我已经从容，习惯了。”

“你会痛苦吗？”

“会。”

“我总是想不通，会埋怨命运，还会痛恨命运，觉得不公平。”

“昨天胡老师又表扬你了，你作文越写越好，胡老师在课堂上读的你那一篇《肩膀》，我觉得你写得很好，你最后结尾时说‘成功，源于肩膀，这个肩膀在你的内心’。”

迟男牵起嘴角笑了笑。

“不过是作文，胸中再多豪情也抵挡不住对现实的无奈，是吧。”

“胡老师给你打了多少分。”

“52。”

“很好了，我现在作文一般只能拿到 40 多一点，至少高考时，你作文不会拉后腿，60 分你都快满分了。”

“那可不一定，谁知道真正高考是什么类型的题目，再说我还要去南方考，都是未知的。”

“你肯定没问题。”

12. 风雨山水情

风雨中，摇曳多姿的花与树，疾驰的汽车，清澈的流水，这一切，在迟男的眼中都是美好的，山与水自然结合。

一路上大家玩得不亦乐乎，有人提议击鼓传花，迟男坐在大巴车的最后一排，带着她特意去北门地下商场买的淡黄色线条格子的遮阳帽，帽子穿过短发在脑后扣紧，顺滑潇洒的短发在帽子上飞扬，至少迟男觉得是这样的，小辫子安稳地藏在校服里。

“我们现在开始击鼓传花，音乐停传到谁那儿，谁就要表演节目。”

班长白倩倩扶着座椅站在大巴前端用话筒说。

争取能落在我手里一次，迟男心想，迟男一直有表现的欲望，迟男知道自己除了成绩好点，相貌平平的自己必须要有点别的能耐才能获得别人的刮目相看，除了学习自己唱歌是非常好听的，迟男有这么点信心。果然没过多久，当那张手绢传来的时候，迟男稍一迟疑，音乐停了，如愿以偿的迟男羞涩又别扭地走到大巴前面拿着话筒清唱唱了张韶涵的《隐形的翅膀》。

刚唱完，胡娅就夸了一句。

“没想到迟男唱歌还挺好听的。”

迟男美滋滋的，这就是她的目的吧，一鸣惊人，出风头的滋味是难以形容的。

“迟男唱得这么好听，再唱一首吧。”白倩倩顺着班主任胡娅的话补充了一句。

“对呀，再唱一个吧。”其他同学也跟着起哄。

迟男看了一眼坐在胡娅身边的齐德伟，迟男觉得似乎齐德伟的眼光变得跟以前不一样，里面有一丝欣赏的味道。

“那我再唱一首英文歌吧，《泰坦尼克号》的主题曲。”迟男仿佛受到鼓励般拿着话筒说。

迟男想，也许这是留给这个班级最深刻的印象了吧。

终于又露脸了一次，这是迟男很喜欢的，卑微的内心需要这样的风头来满足虚荣心，那是多么正常的。

汽车停了，剩下的路程要在导游的带领下进山，荒漠中难得的绿洲山水。

细雨飘飘，很快同学们的发丝都变成了一缕一缕，春天的山水清新得如新生儿。迟男一直跟着导游的第一梯队，还有齐德伟和王枫以及另外几个男生，学霸自然有学霸的团体，早恋的自然是借此机会出双入对，所以上周在晨读上的组队基本无效，白倩倩也跟她小男朋友一起，迟男也不屑于跟陈亮及另外两个女生一起。

迟男很是欣赏导游那时常徒步的装束，军绿色的劲酷套装和那顶帽子，迟男觉得他身上的自然气息很动人，一路聊下来，对他陶醉在自然中的情怀十分羡慕，看着他任凭风雨冲刷，自然、洒脱，迟男心中亦豪情升起。

“我几乎每天都在大自然中穿梭，走在自然中，觉得踏实，我喜欢这种生活，接近自然，心胸会变得开阔，在自然面前，不用修饰、隐瞒，是纯粹的自己，人不能对抗自然，因为自然就是自然。”这是导游跟迟男说的。

迟男看着导游那黑的健康的皮肤，对那种自由说不出的羡慕，如同霞光一样光芒万丈。

穿过丛林，蹚过小溪，迟男背着书包跟在导游和几个男生后面，细细地体味着这份难得的轻松自在，一路上迟男拍了不少照片，好多年迟男都非常珍视。

春雨、思念、自由，迟男内心丰盈、憧憬和向往着，那是一种即将放飞的心，回城的大巴车上，迟男一直听着耳机里《该死的温柔》，看着窗外的春雨，有伤感、有欣喜，离别近在咫尺。

“缘分已尽的时候……风停了，雨断了，你一定要走。”

原来我一定要走，从一开始，就没有缘分，这就是迟男的内心，记住是那么容易，在这和风细雨中，令人心碎，从什么时候变得如此痛彻心扉，无人可诉无人能知。

“再等一等吧，等一等，再有一年就高考，总能荣归故里，如同自己期望那样出现在他身边。”迟男就像每一个少年般，期待着自己能光芒万丈地出现在自己倾慕的人面前。

惆怅如同这春风春雨，浓淡相宜地笼罩着迟男。

2007年4月20日晚，迟男在发给吴天音乐的短信中这样写道：“伴着细腻如丝绸般的春风细雨，走在大自然的丛林间，让风和雨冲刷着从城里带来的浊气与疲惫，自由而轻快的一天，愿你亦自由而欢乐，好梦，晚安！”

2007年4月21日晚，吴天夹着烟眼神迷茫，一只手扶着耳机说道：“走在充满泥土与阳光的儿时乡村道路上，内心的喧嚣大概就会归于零，乡村音乐的魅力就在于此，因为我们始终向往，约翰·丹佛的《乡村路带我回家》送给你，愿你永远自由。”

“Almost heaven west virgia

Blue ridge mountain shenandoah river

Life is old there older than the trees

Younger than the mountains blowin’ like a breeze

Country rosds take me home”

质朴而纯粹的嗓音就像乡村一样，让人感受到自由和归属，脑海中的画面是夕阳下荒原上腾起阵阵烟尘的吉普车，人类向往着自由，又不断地给自己设置规则，从此不能自拔，只剩向往，能重获自由的永远只有少数。

13. 倾诉

“什么时候演？”

绿岸音像楼下练习室里，贝斯手坐在矮台边缘看着靠墙抽烟的吴天问。

吴天掐了烟，意味深长地看了一眼贝斯，大跨步朝着话筒走去，顺滑的长发自由地飘荡，冷淡而嘶哑的几个字传到乐队每一个人的耳朵里：“下个月！”

吴天霸气地摘下了架子上的麦克风，冲着麦克风歇斯底里地喊道：“练。”

随后整个房间被地动山摇的乐器声充斥着，再无人靠近。

跟兄弟们吃完宵夜，喝了几瓶啤酒的吴天吹着晚风朝着电台走去，今天的冷傲之气中藏了些许的颓丧，干着一份跟音乐貌似相关的工作，总以为自己在这方面有才华，然而年过 30 却也不过尔尔。

背对着大门的迟男正埋头背单词，身后门外响起了掏钥匙的声音。

“妈。”

迟男的母亲身材娇小，喜欢穿得干干净净的，给一个湖北的老总当保姆。

“你爸还没回来？”陈兰芝看了一眼迟男，拿着别人不要的白色皮包走到一家三口的房间换衣服。

迟男抬头看的时候，母亲正好脱了绿色点缀白点的短袖上衣，解开的胸罩挂在母亲的双肩上，手里拿着准备换上的衣服，迟男晃眼看了一下母亲那若隐若现干瘪下垂的胸部，有些难为情地埋头继续抄写英语单词。

“今天半夜才能回来，去昌州了。”

“干完这个月我就跟卢总辞职，陪你回老家读高三。”陈兰芝平静地说。

“嗯。”

“你高考完我们应该就能轻松点，我们也就只有你这么个指望，希望你自己能有一个好的生活，将来你爸干不动了，我跟他就回老家种点地，吃饱饭就行。”坐在床尾，伸手拿梳妆台上的壶倒水，眼神灰暗，因劳作骨骼清晰精瘦的手端着热水停在胸前。

迟男不再说话，只管埋头抄写。

陈兰芝也没有继续说下去，吹了两下瓷盅里的水，仍旧是烫，终是放下，扶着脱皮的梳妆台的边沿起身转到厨房，翻了翻台子上迟男留给父亲的菜，又原样盖上，转身将稍微有点歪的菜板扶正，墙缝里的刀也拔起重新别了一下，随后站在屋里看了看，发现实在没有什么可做的，回到房间拿出刚换下的衣服。

更为狭窄的卫生间里，陈兰芝拿过靠墙的盆，往里放了些洗衣粉打开水龙头哗哗地往盆里放水，弯着腰伸手搅了搅，把脏衣服按进满是泡沫的大盆里，看了一眼客厅书桌上伏案的迟男，张了张口，落寞回房去睡。

迟男也觉得烦躁不堪，马上5月，天气原本不热的，迟男却觉得全身有千百根的细针扎自己，想用手抓住那快要炸裂的心脏，麻木地写着一个单词 fate，这本不是明天要听写的单词。

眉心拧得紧紧的迟男，在本子上划了不知道多少个单词，手底下轻重控制不好，猛烈的一笔，练习本被笔尖勾烂，倒刺一般醒目，千疮百孔如同干涸大地般皲裂起皮。

屋里，楼外淡淡的城市光芒透进来，陈兰芝一样没有入睡，眼部的皮肤因紧绷而显得皱皱巴巴的，仿佛强压着一种什么痛苦，就那么盖着被子平静地躺着，陈兰芝已经在这个城市7年了。

迟男戴上耳机，拿起手机编辑短信，拇指上有一种魔力，在不断摁键中打发着命运："命运总是动荡不安的，是吗，总有些岁月让人无可奈何，那些逃不掉的，那些仰望星空唯有眼泪滑落的岁月，该如何去坦然和温柔呢。"

迟男一边编辑短信，耳机里传来了吴天今晚的开场音乐，迟男觉得这是一首听得心都空了的曲子，一种想要沉沦在深渊中的力量，可以永恒的沉浸在这种状态中，就像深海的鱼，那样的自由那样的寂静，仿佛声声都拨动的是心头血管一般，那般的心碎。

一曲终了，迟男双眼蒙眬地看着屏幕上正在飞起的小信封，随后弹出的 4 个字迟男没有看清，她知道那是“发送成功！”

“这首曲子叫作《闲云野鹤》，来自于刘星的专辑《一意孤行》，很美的一首曲子，执着无悔的浪迹天涯，孤独而自由。”吴天一如既往平静而低沉地诉说着。

吴天看着平台上的那行文字，此刻正播放着交响乐《天空之城》，这是一首只在音乐中就能看到澄澈透亮的蓝天，吴天却分明看到了寂静夜空中一张泪眼蒙眬又晶莹剔透的纯净脸庞，美丽而忧伤，鬓边的些微温柔发丝在夜空中扬起，忍不住抬手触碰，却在刚刚触碰到面颊的时候，如同水晶般碎掉化作烟尘不见踪迹，只剩下停留在夜空中的消瘦的手，那般错愕而突兀，不知所措地收回。

忽然吴天觉得再无话可说，充斥着一种忧郁，他拿起笔，在纸上写下。

我用一生的迷茫……

我时常迷茫。

我不知道，

……

迟男皱着眉趴在桌子上，手中紧紧地握着手机，有些情绪绕在心头，始终难以散去，生存的举步维艰才是让人最痛苦的吧，迟男如此想。

钢琴曲《童年的回忆》回荡着，迟男绕不出的痛苦，吴天原本的心情也尽数破坏，看着原本写好的台本却没有读出来的勇气，上面描述着他对音乐的体会。

“在这首曲子里，总能看到洒满阳光的海滩、村庄，小小少年光着脚，卷着裤筒踩着海滩上的细沙，在金光闪闪的阳光下挑选七彩光芒的贝壳，落日下，扛着挑鱼的长杆赤脚走在被太阳烤的炙热的村道上，少年的背影被落日拉得老长老长。那样的童年，就像回不去的梦，我们都愿沉睡在那梦中，永远不要醒来。”

今晚节目的最后一首音乐是雅尼的《夜莺》，那悠长的竹笛，让电台两端的人都越听越寂寞，昏暗下趴着一动不动的迟男，播音室里默默抽烟的吴天，只能无力地倾听一曲忧伤的《夜莺》。

14. 你会来吗

2007年5月14日。

别哭，我最爱的人，

今夜我如昙花绽放，

……

吴天："来自水木年华翻唱的《别哭我最爱的人》，这哥儿俩陪伴我们度过了美好的大学时期，那时候有最好的兄弟，最好的姑娘陪在我们身边，可是都一去不复返了。"

因为梦见你离开，

我从哭泣中醒来，

……

吴天 :“这是一种多么美好的愿望，可以陪在心爱的姑娘身边，但是谁又知道那心爱的姑娘在哪里，上大学时那些歌手做出来的音乐永远那么纯粹，那些过人的才华让人羡慕极了。”

别哭，我亲爱的人，

我想我们会一起死去，

……

“汪峰沧桑略带沙哑的歌喉总像一个哲人一般审视我们和我们生活的世界，能在艺术和金钱两端游走很好的人不多，至少证明他是个成功的人，这话有点酸，毋庸置疑的是他的音乐是认真的。”吴天冷酷地诉说着，很少能听出情绪。

“这个月 24 号晚上 8 点，西山路上的蓝调音乐酒吧，我和我的乐队在那里唱歌，喜欢摇滚的同学们，来一起抽烟、喝酒、唱歌。”

吴天停了下来，看着留言平台，目光变得温柔，轻柔地吐出一句。

“你会来吗？”

迟男手上的笔一顿，有些难过地在一旁的周记本上默默地写下了“24、8、西山路、蓝调音乐酒吧。”

迟男有些惆怅，要去看看吗，好想知道吴天长什么样子，他说他留长发、唱摇滚、一边喝酒抽烟一边唱歌。

北门地下商场，这大概是迟男最爱光顾的商场，那个黑色的篮球是在这里买的，那个耳机是在这里买的，还有那件衬衣，很流行时尚的款式，袖口是荷叶边，前面扣子的最下端可以系上，那是偶然从新华书店回来路过时淘到的，花了19块钱，迟男觉得很漂亮又很便宜，一直舍不得穿，或者没有场合穿，当时看到这件衬衣，没有犹豫迟男就买了。

此刻正背着书包从一个店铺出来又钻进另外一个店铺，迟男为了给那件衬衫挑一条裤子，还有一双适合的鞋子，无论怎样，迟男可不想以一个中学生的身份去蓝调音乐酒吧。

最后迟男挑了一条黑色长裤还有一双几厘米跟高的高跟鞋，其实挑这些东西迟男是老手，只不过这几年在父母身边，大部分时间都穿肥大的校服，根本没的有穿其他衣服的机会。

迟男略微回忆了一下，大概是11岁开始穿高跟鞋的吧，那时候课桌贴的是周慧敏，用小小的身躯穿着成人的衣服穿梭在镇上的初中校园。

其实这个城市最有名的市场应该算是夜市，几乎每个街区都有一个夜市，那些挂在一个杆子上的衣服，便宜又漂亮，夏天的晚上，迟男跟小姨总会出来逛一逛，那些几块几十块钱的衣服，那些地摊上的小东西，总会看一看，适当地买一些，夜市总是拥挤而繁花似锦的，所以总是不太安全的，小偷自然是要趁乱取粟的。

买完裤子和鞋子的迟男，被文具店铺摆在外面促销的同学录吸引，5月，眼看就是又一季的同窗分离时期，虽说迟男还有一年才到毕业季，然而她心里清楚，离开的时间已经是近在咫尺，迟男蹲在那整整一箱子的同学录中间翻翻捡捡，身后逛商场的人络绎不绝，来来往往，那些腿在迟男身后不断闪过，不过都是过客。

最后迟男买了一本 A4 纸大小全黑的同学录，还有两只记号笔，否则估计同学录上什么都留不下。

2007 年 5 月 25 日，清早。

迟男抱着语文书坐在床上通过房间门口看家里的人来回穿梭，爸爸和其他工友今天有早活，比迟男起得早，早早被吵醒的迟男抱着语文书在床上背诵课文，母亲还在帘子的那一边睡着。

“兰芝你起来吧，别睡了，起来给我弄点早餐也行。”迟成华洗完脸进来略带不满地对着帘子那边还睡着的母亲说话。

母亲没有回答。

“你不赶紧洗脸换衣服上学，别迟到了。”迟成华见陈兰芝没有反应，转而念叨迟男。

“卫生间和厨房都有人，怎么洗啊。”迟男一边回答，还是一边穿鞋去拿老旧梳妆台上的牙刷和杯子。镜子里迟男看到母亲也掀开被子起来了。

“你自己随便热点剩饭下个面条不行？”陈兰芝笑嘻嘻地回敬迟成华。

“一天到晚睡睡，真是你们家的祖传。”迟成华奚落到。

“我今天晚上跟几个同学聚一下，可能要晚点回来。”迟男有点心虚地跟父母请假。

“在哪儿。”

“山西路那边。”

“别太晚，注意安全。”

“嗯，知道。”

15. 白衬衣加绿茶

迟男坐在父母的大床上，面对梳妆台的镜子梳着自己的头发，近几年迟男坐着认真打理头发的时间屈指可数，梳着那短而倔强的头发，迟男眼中有些失望，她想表现得漂亮、文静、优雅，显然都被这短发给破灭了，放下母亲那用了几十年的塑料梳子，从后脑勺捞过那一撮长发，突然灵光一闪，将短发偏分，都用黑黑的小夹子压住，在后脑勺将短发扎起来，包括那长长的一缕，迟男自己觉得满意，别致还有特色。

迟男认真地擦着脸，身后父母的大床上平整地铺着那件白色的时尚衬衣，黑色的长裤摆在衬衣的下方，裤脚搭在床沿外，地上放着一双低跟的黑皮鞋，对脸和头发都满意的迟男终于离开了梳妆台，脱掉了校服短袖上衣，露出消瘦健康色的肤质，伸手调整了一下白色吊带抹胸肩膀处有些拧巴的带子，轻柔地拿起床上的白色衬衣，优雅地套上，从上到下一颗一颗扣好扣子，将末端的带子轻巧地打了一个蝴蝶结，穿上丝袜套上长裤，已经三四年没有穿过高跟鞋的迟男，轻盈地蹬上黑皮鞋。

站在两个床之间，斜着角度看了一眼梳妆台中镜子里中间的身子，拿起手机看了一眼时间，6：20，赶紧走吧，不然爸妈回来还得多解释，迟男心想。

随手将放在柜子上的几十块钱拿起装进了裤子口袋里，心里盘算着这七八十块钱，一路走一路犹豫的迟男朝着公交车站走去，走到路口往左几十米就是公交车站，最终迟男在路口拦下了一辆出租车，车上迟男不自觉地伸手摸了一下口袋中的几十块钱，装作不经意地时不时瞟一眼计价器上跳动的数字，紧张中总有一丝局促不安。

车流川流不息，迟男站在马路边上抬头看着对面的霓虹灯牌，“蓝调音乐酒吧”几个字在霓虹闪烁之间一明一暗，色彩变幻无穷，迟男已经在这里站了 20 分钟，距离演唱开场还要 40 分钟，迟男有些害怕，从来没有去过酒吧的迟男不敢进去，她不知道里面是什么样的，是不是像电视上那样，迟男把手伸进装了钱的口袋里摩挲着，“会不会进不去……”迟男喃喃低语。

迟男又低头看了一眼手机上的时间，7：30。

“不管了，都到这里了，去试试吧。”

怀揣忐忑的迟男小心留意着来往的车辆朝着蓝调音乐酒吧走去。

“是来听音乐会吗？”

一个穿白色 T 恤的平头男人问道。

“是。”迟男用着不自然的神态和陌生的畏惧感回答。

“上 2 楼。”男人朝着入口指了一下就没有再去管迟男了，也许迟男的畏缩和生涩早就被人看在了眼里，也许吴天音乐屋的许多听众都是青涩的高中、大学学生，门口的接待已经习惯了，所有新手面对老手的一举一动都像透明的，所有老手对待新手的态度都是一样的。

迟男想让自己看起来放松一点，显得老成一点，尽可能表现得自然，楼梯很宽，一侧护栏，墙上满满的绘画，楼梯拐角处也有两个服务生，再往上就是酒吧正门，门口堆了一堆迎接的服务生，在如此众目睽睽中上楼，迟男感觉全身都快不受控制了，迟男尽可能保持着优雅穿过门口的人群，走进了右手边的酒吧，酒吧里的光线变得昏暗而暧昧，迟男扫了一圈，酒吧里已经不少人。

左手边是一个倒 L 形吧台，围了一圈的高脚凳子，右手边靠墙一溜上半段中空的隔断小包间，中间布局着无数的小隔断座椅，正对着门口最远的距离就是一方小小的舞台，舞台上已经摆好架子鼓、贝斯等乐器，中间是一把高脚凳子和一个竖式麦克风，舞台上有工作人员在穿梭，迟男看着三三两两聊天说话的人，迟疑着自己应该待在什么地方才不会显得突兀，从未踏入过这样场合的迟男不知道如何做才让人看起来自然而老练，即便没有人真的有功夫在如此昏暗的酒吧里去注视任何人，迟男想是不是应该像电视里那样，独自一个选吧台坐着，总不能一人去占一个大桌，去边上那个黑暗角落会显得奇怪吧，迟男不想离舞台太远，又不想离得太近，不想站在黑暗中，又不想在太亮的地方，犹豫了许久终于朝着吧台短边走去，那里是最符合迟男理想的位置。

右手边靠墙最顶头的小隔间里坐着一帮人，坐在最里最角落的一个长发男人静静地喝着杯子里的酒，默默地注视着门口，他总觉得他应该能一眼认出那个女人，如果她来，他一定能认出他。

“吴天，你少喝点，一会儿别大舌头跑调。”原本嬉笑打闹其他乐队成员，坐在吴天身边的一个看了一眼安静喝酒的吴天。

“吴天的酒量你还担心，你见他喝醉过？”另外一个附和道。

“吴天是在等人吧？”坐在吴天对侧最外面的绿岸音像店老板老于若有所思地看着吴天，他觉察到吴天这几个月的变化，音乐的变化，节目中说话语气的变化，老于是他的节目顾问，说不上每天都收听吴天的节目，但每周总要听那么几次。

吴天谁的话都没接，仍是一味地看着门口。

迟男进来后吴天的目光锁定了迟男，迟男虽然躲在门口的暗处观察了好久，那也没能躲过更加暗处的目光，吴天莫名地就锁定了那一抹身影，看不清面部表情，昏暗中能看到的白色身影，瘦瘦小小安安静静地站了许久才朝着吧台走去，吴天的目光不再盯着门口，而是随着那抹灰暗中的白色游走，吴天端着酒杯，嘴角似有若无的一抹笑意，看着那个身影。

老于注意到了吴天的笑意，正要转头寻着吴天的目光去搜寻，吴天收回了目光，跟老于相视一笑，老于不再强求，顺势冲着吴天举了举手中的酒杯，吴天也同样回敬老于，有些不一定非要问出口。

“还有几分钟？”放下酒杯吴天问。

“5 分钟。”

迟男走到一个处于明暗适中的高脚凳边，把着吧台坐了上去，迟男心想，不能干坐着。

“除了酒还有什么喝的？”迟男试着问了一句离自己最近的服务生。

服务生拿起酒水单放到了迟男的面前，迟男有些紧张，希望口袋里的钱能够买一点什么喝的，那样至少不至于太突兀，迟男自然地翻着单子，突然一下就放松了，没有想象中的那么贵，像矿泉水、饮料等还是能负担得起的，不至于看一眼什么都买不起，迟男假装看着，其实目光早已经锁定了最便宜的瓶装饮料区，但是却不敢点最便宜的，最后要了一瓶绿茶，虽然外面才两块五，这里要 20，但是还好，至少迟男还是能买得起，不至于让自己更加局促。

吴天那一桌空了出来，意味着演出即将开始，迟男拧开绿茶的瓶盖，仰起头优雅地喝了一小口，转过身靠在吧台上把目光投向了舞台，这里就像一个空档，看向舞台毫无遮挡。

迟男看着一个拿话筒的西装男士走上了舞台，她知道那不是吴天，吴天在节目中说过他留着一头披肩长发，摇滚而率性。

“朋友们，晚上好，欢迎光临蓝调音乐酒吧，相信今晚有大部分的人都是为了他而来的，那我们就废话不多说，有请吴天和他的乐队成员，另外，如果觉得口干舌燥，可以到吧台那边喝点酒解渴。”

果然，这只是主持人，迟男心想，就在主持人刚要从左侧走下舞台的时候，一个长发瘦高的男人大步跨上了舞台，长发随着他大幅度的动作飞扬着，紧身的牛仔裤黑色短袖上衣，尖头皮鞋，或许这是吴天最喜欢的着装，几步走过去干脆利落地从麦克风立柱上摘下话筒。

“晚上好，同学们。”吴天低沉而沙哑的嗓音如同穿破穹苍而来，不知道是迟男的错觉还是真实，迟男只觉得那般的震耳欲聋，仿佛将她震懵了，就那般呆呆地望着那个舞台上的男人。

迟男终于见到了吴天，那个听了半年的声音，让她欢喜让她忧愁的声音，原来是这样的一个男人，一个留着长发的非常男人的男人，仿佛就是梦中的情人那般，第一次见面，隔着人头攒动的人群，遥遥相望，熟悉而温暖，即便吴天外表看上去冷酷而坚硬，却让迟男感觉到了坚硬下的柔情。

迟男就那么安静地坐在人群的边缘，在那个空档安静地看着吴天，人群的沸腾喧闹仿佛都与她无关。舞台中央的男人在无数的目光注视下，似乎总是能寻到那遥遥的目光，那个安静地喝着绿茶的白衣女人。

16. 灰姑娘

“相信你们都不是来听我说废话，为你们带来第一首歌，《被遗忘的时光》。”

时光静谧了几十秒后，吴天用沙哑的声音轻柔地吐着“是谁，在敲打我窗……”迟男只觉得阵阵发寒，现场安静得只有吴天那缓慢而深情的歌声，也许是迟男的错觉，也许就是那样，迟男总觉得吴天的眼神是落在自己身上的，隔着人群遥远而深情地落在自己身上，迟男不敢相信。

吴天深情地唱着这首《被遗忘的时光》，眼神飘忽地落在那吧台边上的白色身影，明暗中，吴天看着那秀丽的脸庞，只觉得双眼如同冰冷月光般透亮、遥远、美丽，那柔弱的身影让吴天深情而温柔，老于一直坐在那个沙发边缘，闭目听着一个男人的深情，老于不知道吴天寄情的女人是不是在现场，如果吴天那抹笑意是看到了她，那这首歌该多击中那个女孩子的内心，一种令人窒息的深情夹杂在里面。

老于真的是老手，迟男不知道这首歌是不是为她而唱，但确实让她呼吸都变得有压力，是不是真实为了她并不重要，关键在于她自己是不是认为这首歌为她而唱，有时候有些情感未必存在于两人之间，而是在自己的心间，自己心中有情，便会心动心痛，心中无情，对方挖心掏肺，也毫无感觉，这就是感情，投入才会感觉到，没投入的人是感觉不到的，感觉到的都是自己投入的反射，并非对方给了多少。

《遗忘的时光》，一曲终了，掌声雷动，不知所措的迟男仓皇地喝了一口绿茶，心口却无端发疼，有一种幸福，有一种心疼。

有服务生给吴天送上点燃的香烟还有一只玻璃杯，迟男知道杯子里应该是酒。

吴天一手扶着麦克风，另一只手拇指、无名指、小指拎着酒杯，食指中指夹着香烟，扶着麦克风的手从头顶往后捋了一把头发，迟男就那么静静地看着，吴天的五官算不上帅气，但是那种狂放的气质，迟男痴迷极了。

“不知道有没有让你们失望，你们也知道我抽烟，知道我在节目中的时候也抽烟，我们都是来消遣寂寞的，不是吗？来，大家举起杯，干杯。”吴天抱着话筒大声地呼喊，随后狠狠地喝了一口。

钢琴声响起，整个房间安静了下来，吴天弯腰将酒杯放在地上，夹着烟的手习惯地捋了一下顺滑的长发，寂寥地吸了一口手中的烟，灯光下静静地吐出了烟雾，那烟雾在他头顶的灯光中缓缓上升直到慢慢消散，整个过程迟男看得清清楚楚。

“点燃这支香烟，让光亮爆炸着黑夜……”高旗的《不要告别》。

迟男随着人群挥舞着手臂，一种害怕开始油然而生，情深不知何起，缘散却只在朝夕，原来开始简单至极……

迟男整整一晚上就那么安安静静地看着舞台上喝酒、抽烟、摇滚、疯狂的吴天，之后的音乐迟男只觉得抽离，那个在灯光下热血的男人，唱着他喜欢的摇滚，歇斯底里地嘶喊着，胸腔仿佛要被一种忧伤冲破。

吴天用尽力气地唱着、喝着、抽着、胡言乱语着，想着结束跟今晚来的人喝一杯，该怎么去跟那个喝绿茶的女人说话呢，怎么才能不被打扰自然地跟她打个招呼呢？

吴天唱了崔健的、汪峰的、黑豹的、高旗的、郑钧的……那些摇滚的，那些民谣，那个时代的，那也是他的青春，还有吴天他们乐队自己的歌，或多或少都是纯粹的，迟男想大概就是这样了，能见一面真好，吴天已经在唱今晚的最后一首歌，迟男不记得那是一首什么歌曲，只觉得该走了，迟男害怕结束之后，吴天会穿梭在人们之间，迟男不想面对，不能再接近的，一旦靠近，也许梦就碎了，就留下心底的美好吧。

迟男将剩余不多的绿茶放在吧台上，离开凳子稍稍站了几秒钟，沿着人群的边沿离开了沸反盈天的酒吧大厅，迟男瘦弱的身影渐渐消失在了人群，大概就是这样了，迟男想若有明天高考之后再去寻回吧。

那一抹瘦小的白色身影消失了，吴天一直没有再看到那抹身影，举着酒杯穿梭在大厅中，听人打招呼，跟人寒暄感谢，还有要签名的年轻人，终于，穿过人群吴天来到了吧台边，那个迟男坐过的位置，没喝完的绿茶还在微红的灯光下，吴天修长的手将那瓶绿茶握在手中，自觉无奈一笑，谁知道是不是自作多情，谁知道是不是她，应该就是她。

深夜，吴天带走了那瓶绿茶，夜凉如水，晚风拂面，月上中天的时候，吴天走在老街上，红红的墙壁在灯光下显得有些破败，37 两个白色大大的数字就在墙上突兀着，吴天靠在老街的红墙上，一只脚反蹬在墙上，路灯投射出他修长的身影，手里还拿着那瓶绿茶，拿在胸前看着摩挲了一会儿，朝着不远的垃圾桶扔了过去，遗憾没能扔进，水瓶在地上滚了几圈，吴天看着地上的绿茶瓶，面上有着对自己的嘲讽一笑，从口袋里掏出打火机和烟点了一根，烟雾顺着路灯攀爬，抽完烟的吴天用手反撑了一下，离开了墙壁，沿着墙根往楼门口走去，走了几步又大步地走回来捡起了那个绿茶瓶，原来人比自己想象的还脆弱，感情来得如此的卑微。

2007 年 5 月 25 日。

吴天在节目中说："我们都忘了，灰姑娘一到 12 点就要消失，那个美丽的灰姑娘留下了难以抹去的印记，我的灰姑娘，会在哪里呢？"

迟男从不曾觉得这首《灰姑娘》如此好听，但此刻从吴天音乐吧收听的时候心动不已。迟男心里不免有些发笑，我是那个灰姑娘吗，时钟要敲响的时候落跑了，似乎真的有点像灰姑娘，不能被打回原形的灰姑娘，不敢走进现实，只敢留下一个模糊的看似美丽的倩影，只能留下一些自己内心偶尔的美丽的文字，这不是灰姑娘是什么呢，徒留给人相思，迟男觉得自己有些卑劣，故意营造的虚幻引人遐思，既投入了自己，又拖累了别人，环视了一圈自己生存的环境，拥挤不堪的家，贫穷的现实，寒微的自己，能做到的就是埋头题海。

原来灰姑娘在遇到真正的感情时是怯懦的，是怀疑不敢相信的，因为她真的是灰姑娘，即便对方不是高高在上的王子，只是一个普通人，灰姑娘都没有勇气面对，因为那意味着必须把自己卑微到尘埃中的一面展示给别人，这是灰姑娘的自尊所不允许的，灰姑娘一无所有，唯有那一丝类于虚荣的自尊，除了那点虚荣心，她还能做什么，只能埋首于未来。

迟男是愧疚的，她知道自己或多或少像个骗子，在文字中虚饰自己，然而这种虚饰让她品尝到了她缺少的，哪怕这自欺欺人的是不能走进现实中的 ，迟男大半生都在虚饰着自己，直到后来大学时候读到著名导演黑泽明的《蛤蟆的油》，迟男才恍惚明白原来每个人都在虚饰着自己，自责才稍稍减轻，但迟男仍旧为这种虚饰感到罪恶，若不是有那么多虚饰的美好，大概也就会少许多谎言和外衣被扒开后的痛苦，但人就是这样，永远都这么复杂，一边罪恶一边自责却又深陷其中难以自拔，至少，迟男从来没有打算将这个误会解释清楚，不会告诉吴天自己还是一个读高二的懵懂女生，更不会告诉他自己的父母只是命运飘荡的农民工，为了生存，辗转飘零，没有保障，没有稳定的挡风避雨的住所，有的只是一个不安和卑微的灵魂。

也许我们虚饰自己的原因仅仅只是知道我们彼此有多么现实和势利吧，每当想要说出实情的时候，我们就已经做好了鱼死网破的打算，因为我们自己足够现实和势利，我们害怕告诉别人我们的卑微和普通，反过来当我们知道别人的卑微，在我们的内心，也就没有那么尊重，走进现实让我们变得一无是处，欺骗自己欺骗他人也许能让我们内心感到更舒适，存在一种荣誉感或者荣光之中，人总归是利己的，能让自己舒服的时候，营造一点虚饰的光环又有什么要紧呢。

17. 同情

“迟男，还有十几天就走了，要不要去请胡老师吃顿饭。”陈兰芝坐在床沿梳着头发，看着房间门口小凳上穿鞋的迟男问道。

“那我今天跟她说说。”迟男一边系运动鞋的鞋带，一边回答。

“你说吃什么好？”陈兰芝问。

“学校附近那个银行楼上有个不错的饭店应该可以。”迟男回答。

“那我一会儿去看看。”

“这学期结束，你高二的奖学金还会给你发吗？”陈兰芝补了一句，已经习惯迟男这几年总是能拿到奖学金，幸好这几年她自己比较争气，才不至于那么艰难吧，优秀的人往往受到优待。

“人都走了，怎么还会给发奖学金，哪有那么美的事。”迟男有点不耐烦，她心里有怨气，原来她就提醒过父母，给她把户口转过来，免得将来高考考不了，结果父母不当回事儿，还舍不得把她那农村户口给转移出来，现在好了，只能千里迢迢去县城读书高考。

也许转移户口的事情太棘手，总要求人，他父母最怕的就是求人。

中午语文课结束，胡娅拿起教材走出教室，迟男急忙跟了出来，一直跟到楼梯上见没人，才叫住了胡娅。

“胡老师，我高三要回老家，不能跟着您，我妈说想请您明天中午一起吃顿饭，谢谢这两年您对我的教导。”

“行，你走了我还真是有点舍不得。”胡娅欣慰地看着迟男，在胡娅看来，迟男成绩好，女孩子机灵乖巧，不像其他女孩子已经长大了，想法特别多。

“我也舍不得胡老师，那明天中午我陪您一起过去。”

回到教室的迟男从自己的课桌里掏出了前些天在北门地下商场买的那本同学录，捏开中间活动的扣，将活动单页全都取了出来，然后抱着单页从靠窗的那一排座位开始一个一个的发。

“我要转学了，给我写一个同学录吧。”迟男拿着单页这么说。

“什么时候走？”

“下下周。”

“跟我们常联系。”

“好的。”

“迟男，写上去啥都看不见。”迟男已经发到靠墙这边，靠窗那边的同学冲着迟男喊道。

“要用记号笔或者荧光笔，我这儿有两支，要是没有跟我要。”迟男知道其实大部分人都有，这是他们的习惯，各种颜色的荧光笔，做不同的记号。

下午数学月考，迟男写完了大部分，死磕大题的过程中走了神。

“迟男，迟男。”桌子被拉开，成了单人桌考试，陈亮趴得低低的趁着前面同学挡着轻声地叫迟男，打乱了迟男的愣神。

迟男看了他一眼，没有说话，看到陈亮眼神瞥了瞥桌上的透明胶带，明白了，迟男在草稿纸上把选择题答案排了一溜，然后用透明胶带沾了一下将胶带放在了桌子角，胶带是那些年的纠错利器，写错了沾上把表层撕掉，然后重新写，在老师余光不及的瞬间，陈亮一把将迟男桌角的胶带拽走了。

饭店就在学校附近一个银行的楼上，这个饭店应该是迟男18岁以来去过的最好的饭店，迟男领着胡老师从楼下上来的时候看到大厅的样子，迟男放心了，生怕母亲找一个快餐店，那样就太没面子了。

陈兰芝扎着得体的头发，穿着花裙子和白短袖上衣，脚上是低跟的小皮鞋，显得淑惠，看到迟男领着胡老师过来，从座位上站了起来，她特意挑了一个靠窗的座位，成菱形摆放的小方桌，铺着雪白印花的雅致桌布，桌上的餐具透明而洁白，还有折叠精致的餐巾，迟男知道，母亲这几年在大老板家里当保姆，还是有一些见识的，至少比父亲要强，父亲一直挣扎在搬运工的边缘上，显得粗鄙而短视。

胡老师跟母亲一直寒暄，聊着迟男。

吃饭结束后，在楼下道别的时候，陈兰芝拉着胡娅的手。

“迟男回老家了要好好考，努努力，你的成绩肯定没问题的。”胡娅叮嘱迟男。

“我知道了，胡老师。”迟男诚恳地点了点头。

“谢谢你呀，胡老师。”陈兰芝说这句的时候哽咽难忍，谁知眼泪滑落，对于命运漂泊的人稍微的一点善意就会被感动，会不舍，因为太难得，陈兰芝是一个天性比较敏感的人，有些时候显得过于孱弱。

“考试完了回来跟我联系，我们再聚聚。”胡娅红了眼眶跟陈兰芝说。

“好好好。”陈兰芝摇着胡娅的手，一个劲儿地说好，面容悲戚。

胡娅离开后，迟男跟陈兰芝说了一句。

“妈，你这样挺好的，显得比较重情重义。”

迟男这句没头没脑的话，让陈兰芝一愣。

迟男是一个世故到让人不太喜欢的小女孩儿，这是一种世故到坚硬，在她的眼里仿佛一切都跟她一样来的虚假，她只是还不太能理解一颗卑微的内心对这个世界有多低三下四，那不是她理解的表演，是值得人同情，而不仅仅是鄙夷。

也许迟男的世故和虚饰也值得人同情，那也只是卑微中的一种自我保护。

也许，许多时候，只是不让人看轻，当没有那份才华，没有那份荣光，没有那样的地位，只是想看起来不那么卑微，不那么无足轻重，也许只是不想让人看轻。

18. 道别

夜深人静，昏暗的台灯下，迟男坐在自己那一方小小的书桌面前，翻看着同学们写给她的同学录，仅仅一页纸，短短三两句，同样能看出谁是真情谁是敷衍，有些迟男看重的人不过一句天天开心打发，那些迟男不怎么看重的人，却真心地写满祝福和希冀，迟男以为平时比较玩闹的那些会比较留恋，原来情分不过止于那些玩笑。

迟男把齐德伟、王枫、左正等交情深厚一些的放在了前面，那些不过是应付的，迟男放到了后面。

整理好之后，看了一下手机上的时间，10：40，吴天音乐快要开始，迟男找出耳机，插在那黑色的收音机上，打开了收音机的开关，调频的按钮已经很久都没有变动过，一直停留在92.9，迟男摩挲着黑色的收音机，是不是该跟吴天道个别了，迟男想着。

迟男还有10天左右离开，迟男想看看自己道别了之后吴天会说些什么，那种充满了试探的心情让迟男决定今晚跟吴天道别。

回老家之后，应该没有机会听到吴天音乐屋，搭在黑色录音机上的手指犹豫着，不知道一边放广播的时候，能不能一边录音，试试就知道了，迟男立马从录音机边上的那些磁带里随便拿起一盘看了看，塞进卡磁带的盒子里，按下了播放键和录音键，然后打开了广播按钮，播放了一段之后，迟男关掉了广播，停止了录音，按下倒退键，停止开始播放。

录下来了，录下来了，迟男心里跟开了花一般，真的可以啊，早点怎么没想到，早想到，就多录一些好了，一面开心，一面觉得惋惜，迟男立刻将手里的磁带倒带到头，等待着吴天音乐屋开始。

准备好录音之后，迟男开始思考该如何跟吴天说再见呢，等节目快结束的时候再发短信，自己不用面对，如果有他的回应自己会不安，没有他的回应也会不安，那就不给他回应的机会，迟男就像一个缩头乌龟，仅仅只是为了自己的心安，不愿意冒一点点的风险，哪怕干扰到内心的平静都不愿意。

11：00，吴天音乐准时开始，迟男连忙按下录音键。

熟悉的旋律，迟男常在中央电视台的《同一首歌》上听的《一剪寒梅》，迟男忽然觉得都有点不像吴天了，他是尖锐的冷酷的，如今变得越来越温情。

吴天："一剪寒梅傲立雪中，只为伊人飘香，爱我所爱，无怨无悔，此情长留心间。美好的爱情总是令人向往，她就像是一枝傲霜的寒梅，安静、孤傲，每一个人在付出真情的时候，大概都是无怨无悔的。”

吴天脑海总是挥散不去那个暗夜中白色的倩影，总那般牵动着他去畅想，即便他就认定那个总是诗情画意的短信女子跟那个白衣女人是一个人，但是他也不敢确认，即便短信平台可以清楚看到那个女人的手机号，他也不知道该不该去叨扰，万一认错人了，若不是那个女人该如何，会不会只是自己的一厢情愿，更何况电话打过去该如何开场，她只是在平台上抒发自己的感怀而已，贸然去打扰会不会太唐突，更何况自己只是一个普通电台的音乐主持人而已，除此之外我一无是处，那么优雅的女人又如何能接受如此的自己。

也许这就是爱情，在爱情里面每一个人都是自卑的，唯恐对方不喜欢自己，唯恐自己配不上对方，那些趾高气扬的爱情或者说自信对等的爱情，其实都是外在物质的衡量结果。

“即将离开这个美丽的边城，逐梦的路上总有很多离别，就像是一种放逐的人生，这里有许多的不舍，那些朋友，还有你的音乐，离开或许是无奈，该走了，轻声道一句再会，珍重。”迟男拿着短信看了好几遍，吴天音乐已经在放最后一首音乐，再不发今晚就发不了了，迟男终于狠下心来摁了发送键，看着小信封在手机屏幕上飞翔，迟男突然觉得忧伤，也有些如释重负，总是有个结束的，就此结束也是好的，美好的开始，美好的结束，势必走不进现实，走进现实就没有了那份美好，留着那份痴心妄想和意会，权当他是动了心的，这不就是当初自己开始的目的，给自己留一点值得留恋的刻骨铭心，非要拉近现实就不是刻骨铭心，也许会变成奇耻大辱。

果然，吴天在最后结束才看到那条短信，吴天有些不知所措，还好已经不用说任何话，吴天同样不知道该表达什么，这措手不及的道别让他无端地失落，唱片已经录好，等包装结束，吴天就打算在节目中告诉大家，却没想到她要离开，一切还没来得及开始，就随着这一声珍重结束。

她是明天就走，还是会过几天的呢，应该不是明天就走吧，吴天如此坚信，还有机会，明天在节目中告诉她唱片的消息。

19. 等我

6 月 28 日，道别后的第一天。

迟男依旧在书桌前安静地等候吴天音乐。

某年某月的某一天，

就像一张破碎的脸，

……

吴天："温柔的女人终于远走了，只留下了怀念的人还在原地怀念，道别简单而又突然，没有哭泣，让她好好地去，是如此的心痛，蔡琴的声音真的很适合伤情，伤离别之情，好朋友要远走了，留下的人不能停止怀念，怀念那双眼睛的多情目光，还有那一抹身影，沉沦的不止温柔还有《你的眼神》。"

像一阵细雨洒落我心底，

那感觉如此神秘，

……

吴天："从来没有想到原来歌曲描绘的场景是如此的真实，不言不语的安静，就是那般不露痕迹，暗夜中美丽明亮的眼神就那么安静洒落在我身上，就像光芒照耀一般，让我满心欢喜的有情天地。"

耳机里传来了长长的一声叹息，筋疲力尽地叹息。

吴天："还有很多的话没说，都在音乐里了，我和我的乐队的唱片已经录制好了，如果你想听听我的心声，给我来电话吧，139××××××××，朋友们想要的话，都可以拨打这个电话，收成本费就行，你们也知道，吴天不是富人。"

书桌前的迟男泪流满面，面前摊开的语文试卷一角写着吴天说的那串电话号码。迟男只觉得呼吸艰难，不禁自责，是不是错了，不该给人这样的美丽误会。泪水迷蒙双眼，拿过手机将吴天的电话存进通讯录里，咬着嘴唇努力不要自己哭得太夸张，免得吵醒了对面窗帘后面睡觉的小姨、小姨夫。

迟男没能再写语文试卷，在草稿纸上反复地写着对不起，整整一页纸的对不起，还有角落里看不分明的"等我"二字，这陋室中昏暗灯光下的一抹孤独，背影时而轻微的发抖，怀念青春的真谛大概只有这样的年月才有深刻而单纯的真情。

吴天："今晚最后一首歌，来自邓丽君的《再见！我的爱人》，再见了，珍重，我的爱再见不知哪日再相见，今晚就到这儿吧，我累了，同学们也早点休息，晚安。”

我们还会再见的，迟男流着眼泪在心里默默地笃定回答，听完最后一曲《再见！我的爱人》，只觉得呼吸困难，迫切地想透口气，摘掉耳机停止录音，起身走到厨房，来到厨房外的腌臜阳台，阳台被厚厚的油烟糊住，迟男用食指指尖用力地将半开的窗户全部推开，窗框下部的墙壁脱落严重，窗框和玻璃上都是厚厚的油烟，这个不足一平方的小阳台，迟男右手边是一个燃气灶，前面是一块案板，左侧是一个放了蔬菜的柜子，即便推开窗户，也不过中间这一点空档容迟男立足。

夏夜晚风凉爽，从迟男推开的窗户吹来，吹干了迟男脸上的泪痕，迟男并没有打开厨房的灯，看着后院明亮的路灯，宽敞而干净的大道，迟男像是一个偷窥者一样，从黑暗处望向那光明伟大，迟男很想知道住在干净、宽敞、明亮的屋子里是什么样的感觉，似乎心伤就那么消失了，晚风真是个好东西，能吹走悲伤，站了许久的迟男终于回到房间开始学习。

2007年6月29日，道别后的第二天。

其实不想走，其实我想留，
留下来陪你每个春夏秋冬，
……

吴天：“一起度过也许是没有机会了，若是能一起多看几个春夏秋冬，算了听歌吧，《有没有那么一首歌会让你想起我》，但愿会有这么一首歌。”

不是那首歌会让我想起你，大概听到什么歌都能想起你，迟男心想。

总是要历经百转和千回，

才知情深意浓，

……

吴天：“千山万水之后，你是否还记得我，记得记不得其实都已经不重要，记得又如何，记不得又如何，就这样吧，还能怎么样。”

如同前一晚一样，迟男继续在那一方小小的阳台遏制内心的伤痛，年少有信念时期，是不会轻易伤情到放下信念的。

2007 年 6 月 30 日，道别后第三天。

如果大海能够换回曾经的爱，

就让我用一生等待，

……

吴天：“不想说太多废话，我们就听歌吧，好吗，反正同学们来吴天音乐屋也是为了听歌的，臧天朔《心的祈祷》。”

我祈祷那没有痛苦的爱，

却难止住泪流多少，

……

吴天："我不知道你是不是还能听到，若能，绿杨芳草长亭路。"

迟男在桌上周记本里默默写下"绿杨芳草长亭路，年少抛人容易去。"也许是吧，但迟男没有理由不去。

不再想爱有多久，

不再想真的拥有，

……

迟男在阳台舔舐内心的痛苦，不是不懂他的呼唤，不是不懂他的怨念，央告也好，怨恨也罢，一切暂时只能这样了，迟男一面心痛，一面固执着。

37 号的墙边路灯下，自从收到那句珍重后的每天深夜，离开播音室回家的吴天，都在这盏路灯下吸烟，直到吸到缺氧，才上楼睡觉，吴天只是觉得孤独，他以为他清醒克制，原来只是觉得落寞。

2007 年 7 月 3 日，迟男离开边城前夜。

这是迟男离开之前最后一次收听吴天音乐屋，仿若命定，吴天也恰到好处的用了那首《千里之外》来送别。

一身琉璃白，

透明着尘埃，

……

一切就像命运，如果不是那些迟男的录音带，这是迟男最后一次听到吴天的节目，就像那最后一曲一样，如《海上花》般，短暂光亮，终究只化为一抹泡影，幻灭而哀伤，当然，此刻的迟男是没有这样的意识的。

睡梦成真，

转身浪影汹涌没红尘，

……

20. 列车

2007 年 7 月 4 日，迟男离开边城的日子，迟男总觉得在这个城市度过了悠长而难忘的时光，其实认真算来也不过短短 4 年时光。

小小客厅堆满了迟男和母亲的行李，两个拉杆箱子，还有两个编织袋，昨天开始就收拾行李，迟成华一直念叨少带点东西，带多了，你们路上会吃亏，在不停的念叨下，还是装了这么多，其中有满满一箱都是迟男的书，不是闲书，全是跟高考相关的书籍，高中的课本、练习册、高考辅导书、高考模拟试卷、往年真题等等。

迟男坐在父母的大床边，看着小客厅里满满一地的行李，仿佛内心有了更深刻的马上走了的错觉，不是错觉，是真的要走，行李已经收拾好，没有什么事可做，莫名空落。

母亲在厨房煮饺子，不知道从什么时候开始，父母养成了习惯，离别一定要吃饺子，打工的人每年都要送走无数的工友，尤其是过年那几天，舅舅走的时候，吃一顿饺子，小姨、小姨夫回老家，吃饺子，其他工友走的时候，吃一顿饺子，今天这顿饺子，陈兰芝是给自己煮的。

一家三口坐在几个工友房里中间的餐桌上吃着饺子。

“迟男，回去后学习别放松，到时候就报这边的大学，行不行？”迟成华夹着饺子正在小盘子里蘸醋。

“考完再说吧。”迟男没有答应，她想去见见世面，想争取考最好的学校。

“你们别带这么多行李，迟男的书和你们的衣服带上就行，其余的下午我给你们发物流过去。”迟成华又说。

吃饭过程中陈兰芝一句话没说。

之后迟成华用搬家的货车送迟男母女俩去火车站，迟成华去买了站台票拖着两大箱行李走在前面，在人群中推搡拥挤，迟男亦步亦趋地跟着母亲的步伐，安检进站上车，迟成华始终拖着两个行李箱，上车给迟男母女放好了行李箱，确认了两人的座位才算彻底放心。

陈兰芝将用塑料袋拎的一大包食物放在中间的小桌子上，她今天穿了一条灰色的长裤，一件黑色的短袖上衣，迟男问她干吗穿这么土，她回答上车下车搬行李来来回回的，干净衣服弄脏了。

陈兰芝这时候才开口叮嘱迟成华，一个人在这边要自己按时吃饭，实在忙不过来累了就在外面饭馆吃，工人们不听话不要总是骂，好好说，自己注意身体，说着说着，陈兰芝的眼泪就流了下来。

“有啥好哭的。”迟成华瞪着眼睛说了一句，可是迟男分明看到父亲的双眼也红了，只有迟男冷酷得面无表情，她想的是再见了吴天，再见了边城。

“迟男，回去读书要听妈妈的话。”

“我知道。”迟男有点不耐烦，大约正青春时候的孩子都没有离开父母的伤悲，只有离开朋友的伤悲吧，至少迟男这么认为，此刻离开父亲她没有不舍。

列车快要开动，迟成华快步下车，又走到迟男他们座位外面的车窗下站着。

列车缓缓开动，迟男看着母亲那操劳而显得苍老而变形的手一直冲着窗外红着眼的父亲微微摇晃着。

生存的艰辛在于迟男还是一句空话，她现在更能感受到的是宿命的不公。

迟成华的身影被开动的火车远远地抛在了边城的火车站。

“迟男，你爸孤零零的一个人在这边打工挣钱，多可怜啊，都是为了给你挣那点钱，你好好读书，明年考个好点的大学，让你爸高兴一点吧。”陈兰芝擦着眼泪跟坐在身边的迟男说。

迟男并没有回答，那个时候的迟男还没有去想过这话对与不对，好好学习就对了。多年后迟男总是为他们这种将改变命运的希望压在她身上而鄙夷。为什么他们自己不去努力，抚养她也好，送她上学也好，一切的一切都像是投资，都像是做买卖，是为了收回成本。再后来，迟男又同情了他们，原来放弃去改变自己命运，也是无奈，原来生存没有那么容易，原来集中资源去投资迟男就是一种出路，也是一种理智的投资。理解了生存之后，一切都值得同情，甚至迟男或多或少地感激父母这种赌上一切让她有机会去改变自己和家人的命运，至少他们给了她选择的机会，让她能更清楚地选择自己要什么。

迟男从随身带的小包里掏出了一本高考语文基础知识复习材料，翻开书靠在了列车的车窗上，陈兰芝见迟男开始看书，也就不再说话。

迟男在内心里作别了昊天，竟然悲伤得有一种想要落泪的感觉，然而这种悲伤没能持续多久，在一段感情中，离开的那个悲伤总是没有留下的那一个悲伤来得浓烈，这是一种奇怪的偏颇，或许离开的人或多或少都是带着希望、追逐离开的，而留下的是被动的。

列车很快进入了荒原，一望无际的荒原，蓝天透亮而高远，不染丝毫的尘埃，陈兰芝已经在这种摇摇晃晃中睡去，迟男没有困意，她想起了4年前，她也是坐着这样一列火车摇摇晃晃地穿越千山万水，途经荒漠来到了这座边城。诗意给人以最大的忧伤就在于思想，总是让人有了无数的恼人的思想，那是一种看山不是山的困惑和忧伤，多年后成熟的迟男渐渐又仿佛能看到一种看山仍是山的澄澈。

21. 始于漂泊

时光流转，2003 年 7 月，一列火车飞速地穿越着这一片荒漠，奔驰的列车车窗上，有一少女额头抵着车窗玻璃，一双迷茫而困惑的双眼注视着一望无际的荒原，父母打工的地方到底是什么样的？一路颠簸原来真的这么远，难怪父母 3 年都没有回去看过自己一眼，在这些荒漠的那端是怎么样的？

一个月前刚刚结束了迟男人生中的第一次中考，没有悬念的失利，没能考上县城里的两所高中的任何一所，在 13 岁的迟男看来也没有什么重要，懵懂无知的少女还不知道意味着什么，甚至没有想过考试的意义，更不理解母亲总是逼迫自己读书是为什么。中考结束对迟男意味着可以跟乡里的其他女孩一起在几个邻镇里横行，父母在外打工，她不用像其他孩子一样操劳家务与种地，只管跟着那些流窜各个集市做小生意的年轻女人一起四处逛荡，她甚至连谋生都不曾思考过。

总之，她无知的如同一头幼兽，拥有着无知的自由。

直到父母的一通电话改变了这种逍遥的现状，勒令她跟随小姨、小姨夫去往父母所在的打工城市，正是这通电话，减少了一名小镇无业女流氓，也或许拯救了一名即将失足的小镇女青年，此时13岁的迟男，已经在那些流窜于小镇间做各种生意的年轻女人身上欠下了不少钱，有的是赊衣服，有的是赊零食，大部分都是衣服，这通电话让迟男不得不中断跟这些做买卖的女青年之间的约定，停止跟他们去周边各镇游玩，开始准备行李奔赴那谜一样的远方。

父母离家3年，迟男在镇上读了3年的初中，这个省道边村子里的家早已荒废，本就风雨飘摇的陋室，如今更是破败，年幼自己和母亲还居住在这个“茅屋”下时，就需要在下雨的日子在屋里摆满各种能盛水的容器接漏，逢年过节回家的父亲还检修一下，如今早已千疮百孔，风吹便任由风吹，漏雨便任由漏雨，迟男寒暑假归来时，也只是当个睡觉的房子，幸好睡觉的屋子是爷爷奶奶祖屋下的一间房子，尚不至于让迟男在雨水中睡觉，至于生存，这3年迟男大部分的时间都是混迹在或亲戚或所谓的朋友之间，偶尔脑袋开了光，迟男也在自己家的屋子点一把火炊烟，不过更多的是摇摆在小姨家，或婶子和姑姑家，近来讨得婶子高兴，便在婶婶家蹭饭，他日冒犯了婶婶或遭婶婶嫌弃时，便亲近嫁与同村的姑姑，姑姑也嫌弃时，便去临近村子寻小姨，在小姨家为家务和种地之事所累的时候，便偷偷溜走去小镇做买卖的女青年身边当个小跟班混吃混喝还赊账，偶尔又会像个人样的去爷爷的祖屋给爷爷做顿饭菜，甚至给爷爷洗个床单衣物之类，这种时候往往是被婶婶和姑姑议论之后。

形同无赖的生活，用迟男母亲陈兰芝咒骂她的话就是："没骨头的无用东西，给了生活费连个生活都立不起来。"

行李箱塞满了这些年买来的镇上流行的衣服，大部分是从交好的女青年那儿赊的，省道上传来了叫她的声音。

"迟男，快点，车快到了。"

随手锁了这破败房子，拖着行李箱沿着屋后几十米的小径爬上了省道，汇合了等在路边的小姨小姨夫，一起等待进城的大巴车，10 岁到 13 岁的 3 年初中生涯，对生活的理解没有长进，但是拖着行李箱奔波却已经熟稔，在她看来，跟每一次拎箱子锁门去上学是一样的。

就这样，一个晴朗的夏日清晨，迟男无声无息地离开了这个小村子，就像父亲常年无声无息地来、无声无息地离开一样，现在轮到了迟男。

迟男是一个开窍甚晚的孩子，亦或者说是一个天性冷酷的孩子，用传统来说大概就属于无情无义，除了对贫穷感到自卑，时常被人瞧不起感到伤自尊，其余的大都没有多少感觉，因此，离开这个生活了 10 年的家乡，对她来说内心竟然找不到半点伤心，或许从 3 年前开始离村上中学开始，父母的离开，这个地方就没有了留恋。

从现在开始，迟男开始渐渐地理解漂泊，从而体味漂泊之苦，直到许多年之后，迟男才渐渐地领悟，漂泊不过是人生常态，若无漂泊，人生反倒了无生趣，真正的安定是来自内心，世事变幻。人不过是随着时势、社会变迁，不断改变生存的方式，或追寻物质的，或追寻心灵的，或迫于生存的，或主动选择的，这是一条路，人生就是一条路，就是一场漂泊，没有谁能真正安定和安稳，即便是神。

坐在大巴车上的迟男，一路饱受大巴车燃油气味的折磨，肠胃难受得就像喝下了混着孙悟空的酒一般，颠簸不堪的山路一直考验着迟男，嘴巴里因为晕车不停地冒苦水，迟男不得不一直用手里的纸巾去捂着嘴，将嘴里的苦水都吐到纸巾上，终于不受控制的肠胃喷涌而出，迟男捏着纸巾的双手及时接住了所有的污秽，随后迟男又扯了更多的纸巾将那一包污秽更加严密地包裹了起来，确定不会扩大伤害面积后迟男才一手捧着包裹好的呕吐物，一手拿纸巾擦自己的手和衣物，从头至尾，迟男都没有去看身边人的反应。

打扫得稍微干净点之后的迟男发现了一个秘诀，那就是闭眼靠在椅背上能减轻头晕恶心，于是迟男开始捧着那堆污秽打瞌睡，此时对于她同坐的人才是考验的真正开始，迟男只顾打瞌睡，半睡半醒之间只管无赖如同烂肉一般东倒西歪，迟男能感觉到旁边男人的嫌恶不断地往里挤以便于脱离迟男的依靠，只要不晕车，迟男无耻得懒得去起身，迟男不知道旁边那个男人想的是什么，甚至从头到尾迟男都没有去看那个男人一眼，所以多少年了，迟男只记得那个昏沉中那个男人的躲避，而不记得眼神和面部表情，无耻如迟男，想来那个男人已经是心好的人，没有推开迟男，甚至没有爆发而谩骂这个第一次进城的乡下丫头，迟男甚至不记得自己是恶意还是无意为之，但是那种晕车的难受无论过了多少年都让迟男记忆犹新，那捧着的层层叠叠被纸巾包裹的污秽，每当忆起仍旧让迟男胃里反水。

在县城长途汽车站换了衣服，迟男又不小心将箱子的拉扣给弄断了，无疑会让这漫长的旅程变得更加艰难，好在小姨夫做主给迟男重新买了一个箱子，迟男倒腾箱子的时候，小姨和小姨夫又埋怨她带了太多的东西，幸好迟男是个没心没肺的人，麻利地就将一些衣服毫不留情地扔掉，包括弄脏的，不过即便年过 30，依然记得在那个县城扔掉的一件外套，迟男只是觉得自己穿着挺好看也挺时尚的毛绒外套，也许从这时开始，迟男就养成了扔掉东西的习惯，也或许更早，只是迟男没有意识到，在那之后的几十年，直到迟男离开人世，物质上的精神上的，迟男时常丢弃，过去的，在迟男看来都在无意义，何不弃之。

迟男已忘却是如何从县城到省城的，只记得省城火车站那丢人而紧张的一刻。

宽敞明亮的火车站，在迟男看来，人来人往的火车站售票大厅比家里的床还干净，小姨夫去窗口排队买票，剩下自己跟小姨看行李。小姨跟迟男一样，都是第一次进城，抛下 3 个孩子给公婆，跟随小姨夫进城打工，小姨夫跟迟男的父亲一样，在迟男很小的时候，就开始奔波在各个地区和城市，去山西挖过煤，去广东当过建筑工，去浙江进过工厂，最后跟着亲戚去了边城当了搬家工人。

小姨坐在堆积如小山的行李上，4 个编织袋加迟男的箱子，小姨坐在其中一个编织袋上警惕地看着来来往往的行人，而迟男这个第一次进城的乡下丫头，正好奇而畏惧地看着一切，手中拿着刚买来的矿泉水往嘴里灌，就在迟男拧好瓶盖的那一刻，一个尖锐的声音在大厅中响起。

“谁洒的水？”

迟男立刻朝尖锐的声音看去，一个中等偏胖身材的女人穿着一件灰色制服，手臂上戴着安全字样的红袖标，怒目圆睁，声如洪钟，这一声尖锐的声音吸引了许多的目光都注视了过来，迟男不笨，发现是冲着自己来的，突然就紧张了起来，平时无法无天的小流氓其实就是个色厉内荏的草包，不过是个没见识过世面胆小的窝里横，一下无地自容地红了脸，还有内心的恐惧，在迟男发现对方是冲着自己来的时候，戴红袖标的女人已经走到了迟男身边，这一次，看着迟男指着地上迟男洒的几滴水严肃地问道。

“知不知道弄脏地面是要罚款的？”

“我不是故意的。”被吓着的迟男低头小声地回答。

“大姐，孩子不懂事，我们擦了行吗？”原本坐在编织袋上的小姨赶紧来到迟男身边笑着跟红袖标女人说好话。

“罚款是规矩，大厅不能乱扔垃圾，乱倒水，最烦你们乡下来的不讲卫生。”红袖标女人瞪了一眼小姨训道。

“迟男，快拿纸擦了！”小姨伸手扯了一下面红耳赤低着头的迟男。

迟男赶忙去包里翻了纸巾蹲在地上小心翼翼地擦干净每一滴水。

“大姐，你看我们第一次进城打工不懂规矩，也没钱，能不能别罚款。”小姨笑着脸跟红袖标女人说好话。

“20，别废话了，我给你开单子。”说着红袖标女人掏出了制服口袋中的小本和笔。

迟男吓了一跳，上学的时候，迟男每个礼拜的生活费才 20，她那些赊账加起来一共 300 多对于迟男来说就是一笔不小的数字，现在随便一滴水就要罚款 20，迟男知道自己闯了祸，大气也不敢出，只是默默地埋头擦地上那几滴闯了祸的水。

“大姐能不能少点，孩子也是不懂事，我们也没什么钱。”明显小姨也被 20 吓到了，毕竟每次赶集小姨卖点鸡蛋什么的，也不过挣十几块钱。

“不服是吧，50，再多说就跟我去治安室。”红袖标女人说完干脆在本子上落实，刷的一声就撕了下来，那撕纸的声音像迟男小时候用来割草的镰刀划过迟男那红了的脸颊一般，撕裂而灼热般疼痛。

小姨不敢再说话，畏缩地拿住被红袖标女人拍在胸口的罚款单，然后翻开短袖上衣一角的里面，那里她缝了一个暗袋，从里面掏出钱数了 5 个 10 块递给红袖标女人，红袖标女人接过钱白了一眼小姨扬长而去，迟男蹲在地上久久没有起身，小姨也没有一句话默默地又坐回了刚才坐的那个编织袋，身边来来往往的人群没有人停下看热闹，如果非要说有人看到了，那也是边边角角那些靠墙坐在编织袋上的默默等车人，冷眼旁观着这一切。

22. 一记耳光

如同斗败的公鸡一般，迟男畏缩地跟在小姨夫、小姨的身后，不敢再轻易做任何出格的事，上中学的小镇还是不够大，迟男觉得自己积累的那点闯荡的经验不够用。

车厢拥挤不堪，过道上堆着编织袋，还有坐在编织袋上的人，迟男坐在靠窗的位置，抱着双臂放在中间的小餐桌上，小姨和小姨夫坐在对面的座椅上，准确来说是小姨夫坐着，小姨脱了鞋弯着腿蜷着躺在椅子上，小姨夫就坐在小姨弯着的腿边上，将小姨的腿紧紧地抵在座椅的靠背处，火车要行驶 50 多个小时，这会是一个疲惫而漫长的旅途。

行至一片荒原时，车厢已经变得松动，站着的人都已经陆陆续续在前面的站下去，有经验的小姨夫说再有七八个小时就能到。

夜幕下的荒原只有漫无边际的黑暗，迟男额头抵着车窗漫无目的地瞪着双眼，车里此起彼伏的鼾声和臭脚味都已经不能引起迟男的注意，长长的车厢只有一个座位处还喧嚣，一帮年轻人在打扑克，一到夜晚或者困倦的时候小姨就蜷在座椅上，少有时候坐起来，此刻应该是已经睡熟了，迟男这么想，小姨夫也仰头靠在椅子上，大概是因为坐着睡的原因，嘴巴大张着，呼噜呼噜地打着鼾。

整个车厢哪个座位哪个男孩比较符合迟男的小镇眼光，两天的火车下来迟男已经烂熟于心，总觉得是不是应该有点艳遇，就像电视剧里演的那样，可现实毕竟没能满足一个少女那暗通款曲的荡漾内心。少年都躁动着，四处打量着符合自己口味的猎物，仿佛每个人都自带着某种味道，都在用内心和委婉而羞涩的目光搜寻谁和自己臭味相投，但谁也没有真正打破内心的躁动。过去 3 年，迟男几乎看遍了镇上那两个借书的书店的言情小说，琼瑶、席绢等等。

买零食的推车过来了，少年时期的装模作样迫使迟男跟乘务员买了一瓶啤酒还有一袋花生，在迟男过去的很多岁月中，迟男总是尝试向一切所谓的坏孩子学坏，都没能成功，要么是小镇上的青年没看得上她，要么是还没来得及坏的时候，时机突然失去，就像这次一样，在彻底失落前，被父母的一通电话拉走了。

迟男看了一眼小姨小姨夫都没有要醒来的样子，弄开了啤酒，就着花生豆喝起了小酒，靠着列车玻璃，嚼着花生豆，在多年后的迟男看来，那是漫无目的冒着骚气的年纪和岁月，再后来，又明白了，没有漂亮的羽毛，冒再多的骚气都不会吸引来异性的注目，反倒会引来侧目，然而那时候被那些言情小说荼毒至深的迟男，只顾着一味地冒骚气，就着啤酒对着黑夜，贴着列车窗的玻璃唱起了许茹芸的《独角戏》。

还好，那个又瘦又小又黑冒骚气的迟男要被终结了，终结者就是迟男的父亲。

天亮了，火车进站，终于到达了跋山涉水而来的边城，醒来的小姨和小姨夫只是默默地看了一眼迟男喝空的酒瓶，迟男以为至少会问一句，结果小姨和小姨夫一句话都没有说，然而事情并没有就这样过去。

“姐夫。”

出站的时候埋头走路的迟男听到小姨的声音，抬起头来看到一个觉得熟悉又觉得陌生的人，迟男的父亲，这个熟悉而又陌生的男人，看上去还是很帅的，在迟成华离开迟男的年纪时，迟男还不知道什么叫作帅，现在突然觉得父亲如此洋气而帅气，穿着卡其布短裤，竖条纹短袖上衣扎在裤子里，黑色金属扣的腰带，偏分浓郁的黑发显得精力充沛，浓眉大眼的国字脸，皮肤健康而结实，带孔的暗黄牛筋皮鞋，黑色的袜子没过脚踝，腿毛浓密。在迟男看来，这就是一个铁骨铮铮的汉子，除了腰上挂钥匙的尼龙绳子有些破坏形象，其他的都很好，当然不包括脾气，小时候挨的揍并没有消失在迟男的记忆中。

有几年没见过父亲，迟男在心里想，6 年还是 5 年，好像是奶奶去世那年过后，父亲就再没有回过家，自己上了中学之后，母亲也出去打工了。突然看着出现在眼前的父亲，迟男有点不知所措地想躲。

迟成华内心百感交集，好几年没见到迟男，终于见到自己的女儿心情有点激动，但是看着瘦小黝黑的小姑娘却套着这么成熟的衣服，还穿着一双高跟凉鞋，又联想到没有考上高中的事情，心里有点不是滋味，压下心里五味杂陈，咧嘴一笑，用力地说道：

“见到爸爸也不知道叫？”

迟男看到笑了的迟成华才觉得这好像就是自己的爸爸，声如蚊蝇地叫了爸，几天几夜的煎熬就是为了来到父母身边，才发现，对父亲好像也不熟悉。

迟成华从迟男手里接过行李，迟男跟着父亲上了公交车。

“扶好。”迟成华跟身后的迟男说。

迟男看了一眼迟成华的手，照着样子抓住临近一个座椅的椅背，迟男没有抬头看父亲迟成华，至于原因，迟男已经不记得了，也许是羞愧，也许是畏惧，也许是生疏，总之迟男找不到亲近的理由。

回到家，迟男见到了 3 年没见过的母亲，迟男觉得母亲似乎更年轻了一些，穿着白色褶皱的短袖上衣，黑色七分长裤，纤细的腰身显得赏心悦目，反正跟那个曾经忙于农活和穿梭于乡镇集市上做小买卖的母亲不一样，不再是那般灰头土脸的样子。

整一天迟男是懵的，以至于记忆都是模糊的，但是那天的晚餐却是刻骨铭心的，这是一顿团圆的晚餐，不仅仅如此，还是一个算总账的晚餐，这是那天晚上之后迟男总结出来的。

起头的是小姨，仿佛是要当着这众多的工友和亲戚讨伐迟男似的，迟男记得那天晚上母亲做了满满一桌子的菜，然后吃饭的时候，又认识了许多原本不认识的亲戚，比如这个表叔，那个表舅，或者五六岁时见过的表哥，总之打工的不都这样，一人铺路，全族来投奔。

“姐，你不知道这些年你迟男有多不听话呀？为了她，我真是丢了不少人，也遭了不少罪。”

父亲们酒过三巡，桌上菜已经见底，小姨终于找到了机会翻旧账。

迟男突然觉得心脏怦怦乱跳，这个还很陌生的拥挤的家，让她无处可逃，六七岁被暴揍一顿之后踢出家门，在村里瞎晃到半夜的经验不管用了，这小小 60 平方米都很生疏，更何况门外是茫茫夜色的大都市，硬着头皮承受着即将来临的暴风雨，迟男不能估计这个暴风雨的程度。

“你怎么不打死她！”听了小姨的话，喝得微醺的父亲突然瞪着迟男暴喝一声，吓得迟男不由自主地发抖，仿佛还是那个熟悉的让她胆战心惊的家，没人知道暴风雨起于何时，又将止于何处。

“你就不能小点声，她今天刚来，过几天再说。”迟男母亲陈兰芝怨怼地白了迟成华一眼，满脸怒容说道，脸拉得老长，咬着后槽牙，侧脸的肌肉绷得紧紧的。

迟男内心战栗，恨不得蜷缩到桌子下面去，弯腰驼着背低头坐着，感觉到两肋和大臂肌肉紧绷，左手紧抓着膝盖的裤子，右手食指一下一下地抠着桌子下沿，其余手指僵硬的地握成拳头，因为紧张不能控制好力道，抠桌子的过程，身子也轻一下重一下地晃动。

小姨似乎不吐不快，今天一定要把话说明白，自己这些年帮忙照顾迟男的功劳苦劳都要说个清楚，她不甘于就这样停下来。

“这次中考完了，好多天都找不到人，瑶瑶他们也打电话来说学校早就没人了，我担心得不得了，怕出啥事儿没法跟你们交代，把几个孩子交给他们爷爷，一个集一个集地赶，她平时混的那些女的那儿也去问，都说没看到，你们就每天打电话问找到没找到，那些天我都要累死了，这死丫头自己在同学家玩了一个礼拜才回来，你们不知道有多气人。”

小姨就坐在迟男边上，面上笑嘻嘻地拍了一把迟男的胳膊，拍得迟男一阵头皮发麻。

“中考完了，我跟几个女同学约好去他们那个镇上住几天。”迟男也不知道该怎么解释，这貌似不是什么大事儿，迟男认为，不过是回家路上，中途下车去别的镇上玩了几天，没给学校的表姐、表姐夫交代，没给小姨打电话，也没给父母打电话，这似乎的确有点不妥。

“管她呢，死在外头了更好，我们省心了。”陈兰芝怨气冲天地冲着迟男喷出了一句。

迟男忽然觉得熟悉极了，那种怨念，那种恨极了她是个拖累的怨念。

迟成华和陈兰芝都拉着脸，心里的怨气和怒火在一点一点地挑高。

“有天晚上，我听到有人敲门，吓得要死，我叫了隔壁的爷爷。”迟男怀疑可能是脑子进水了，才会无端说起这一句，迟男也不知道自己出于什么目的要说，难道是为了火上添油。

小姨坐在迟男左手边，右手边是陈兰芝，这个夏天的炎热夜晚对迟男来说，仿若冰窖，迟男庆幸的是父亲是坐在对面的，够不着她，同桌接风吃饭的其他人都不吱声，离开不合时宜，坐着也不合时宜。

“姐，你们迟男花钱大手大脚，学校瑶瑶他们也这么说，她在学校食堂赊账，食堂的人跟瑶瑶他们都是同事，这些事儿都告诉瑶瑶他们，平时我们都不敢打电话告诉你。还有放假的时候，到处闲逛，在我那儿跟着下几次地就跑，跟你们街上那几个做生意的女的混，我听人说，还差点把她领到另外一个镇上准备卖掉，说是卖给山里的人当老婆，你说，这丫头傻成什么样，还跟人混，把人当朋友，你说这些事儿，我这个小姨怎么管。你们放在瑶瑶他们那儿的钱她花光了，毕业了学校食堂欠的钱，还是我给瑶瑶他们还上的。”

小姨零零碎碎地这儿讲点，那儿讲点，想起哪儿说到哪儿，看上去没有重点，但是在迟成华和陈兰芝听来，句句都是刺心的。

陈兰芝终于憋不住了，眼神凶神恶煞地看过来，劈头盖脸地骂。

“你是傻吗，怎么没把你卖了？让他们把你弄去卖了，活该去山里熬你的下半辈子，有人敲你的门？那是你犯贱，有人想来强奸你，你知道不。早知道你是这么个玩意，我跟你爸还托人带你过来干什么？你自己想怎么混怎么混，该怎么死就怎么死，老子就当没生过你这个玩意就行了，你妈了个 ×，你个狗 × 的傻东西，我要你来干什么。”陈兰芝用最恶毒的语言咬牙切齿地骂着迟男，迟男熟悉极了，母亲一向口恶，用尖酸刻薄形容都显得不够力度。

陈兰芝不解恨，愤怒简直让她失去了理智，她不知道她怎么会有这样的女儿，两口子辛苦打工供养了这样一个混蛋，在重男轻女的农村，只生了一个女孩的她受尽白眼，本就对这个孩子怨念深重，就盼着她能好好读书，出人头地，谁知道这么不争气，陈兰芝也恨自己，不争气的肚子就是生不出来一个儿子，几次三番流产不光没生出儿子，还因为大出血差点丢了性命，身体也变得干瘦而虚弱，苦难深重的陈兰芝恨透了自己的命运和一切让她命运变得悲惨不堪的人和事，她只能哭。

在迟男看来，还是那地狱一般的家庭，迟男从小就知道母亲对自己有恨。

迟成华反复提醒自己，她已经长大了，不能像小时候那样打她，一直在压制怒火。

迟成华瞟了一眼抹眼泪的陈兰芝。

“哭什么哭，还不都是你从小惯的。”迟成华尽量压着脾气说道。

“可能是太享福了，明天带你出去找个脏活累活，原来还想找个学校让你接着上学，也别上了，没那个命，去打工挣钱吧，不是想混，让你混。”

“姐、姐夫，你们也别骂她了，还小，现在接到身边了，好好管吧。”小姨劝了一句。

迟男听来不知道是何滋味，仿佛有埋怨也没有，听着母亲在旁边吸鼻涕，余光看见她抬手擦眼泪，手放下的时候，迟男看到手背上都是水，迟男知道那是眼泪，迟男还是懵的，一切都让她发懵。

“还食堂的钱是多少，回头给你。”迟成华没接话，回答，可能心里有怨气，毕竟孩子是拜托给亲戚的，没想到最后成了这么个东西，抱怨是每个人与生俱来的吧。

“去把碗刷了，只配干脏活累活，就别想清闲享福了。”迟成华因愤怒而脸暴红，酒精助长着，暴躁地吼道。

迟男感觉胸腔是空的，站起来有点轻飘，从母亲的背后挤出去，空间太小，陈兰芝硬着身子不让一点缝隙，迟男硬生生地挤了出去，母亲旁边还坐着一个叔叔，那一面的角上才是迟成华，迟男不敢去那个角收碗，只能在母亲和那个叔叔中间伸手拿，总有拿完的时候，不得不去迟成华那个角落，迟男忽然觉得害怕，眼泪不自觉就下来了，不经意间吸了一下鼻子。

“你还有脸哭。”突然的一声暴喝，还有凳子被巨大力气踹倒在地的声音。

迟男一动不敢动，迟成华就站在她面前，指着她鼻子骂。

突然迟成华抬手就是重重的一耳光打在了迟男的脸上，他终于还是没能忍住，已经好多年没有对老婆、孩子动手的迟成华又重抄旧业。

这一耳光让迟男大为光火，强压着怒火流着泪抱着一叠碗筷进了厨房，想猛地将一叠碗全部摔了，忍住了，后面台子上的菜板上有切菜的刀，想拎着刀出去冲着他喊："来，杀了我。"忍住了，最后都忍住了，迟男一样暴躁的脾性在更暴躁的疯狂面前低了头，泪眼迷蒙地刷着碗，低着头任由眼泪滴进池子里，心里很害怕父亲再次冲进来拳打脚踢，因为从小太熟悉了，她被打三五八乡那是出了名的，她淘气也是出了名的，或许本没有那么坏，越是被打就越是坏了吧。

这一夜远没有结束，原来地狱永远在，只是什么时候来的问题，母亲和父亲相互深深地怨恨，将过往的恩怨彻底翻了一遍。迟男跟父母的床只有一帘之隔，这个不足一米宽的小床让迟男觉得暂时安全，听着大床上父母亲互相埋怨，深深的绝望笼罩着迟男，再广阔的天地或者城市，也逃不出这个四四方方怨念深重的小房间，如同在泥淖中痛苦挣扎却只能等死一般的绝望。

母亲哭着咒骂父亲，父亲终于忍无可忍，迟男心中的噩梦又一次唤醒了，父亲的拳头落在母亲的身上，迟男害怕地打开帘子时，正看见父亲站在床上，踩在已经滚到床沿趴着的母亲身上，暗夜中，看着站在床上高大的父亲，迟男仿佛觉得那是神或者魔鬼。

"啊，爸，你杀了我吧。"迟男发出尖叫声。

此时客厅中的小姨、小姨夫站在门口。

小姨说："姐夫，你今天晚上是要杀了我姐吗？"

小姨夫说："姐夫你真的是好没意思。"

客厅的灯亮起来了，迟男才觉得离开了地狱，看到了希望，庆幸，还好，至少挤在这个小小的房子里，这么多人，父亲不至于打死自己和母亲，总比五六岁时，从街上邻居家看完电视回到家里，看到玻璃破碎的碗柜，听着家后面的马路上一边跑一边叫救命的母亲，比起那时候无助和恐惧，现在要好得多，那天晚上之后母亲告诉自己，玻璃是父亲抓着母亲的头撞碎的。

那一切一直是迟男心中的噩梦，迟男害怕暴力，从内心深处害怕暴力和流血，总是回避一切争端将要起的时候，她太知道那些暴躁而不能自控的人失控是多么可怕，是真实的鲜血淋漓和肢体疼痛，她甚至厌恶生活中喜欢用反问句说话的人，她厌恶一切情绪不能自制的人，在她看来，就是对身边人最大的折磨，她痛恨母亲挑事和语言攻击，更惧怕父亲的拳脚功夫，迟男知道，她生活在可怕的家庭中，生活在一个说不清到底谁才是真正的受害者，谁是施暴者的家庭，唯一可以确定的是，相互的埋怨和植根内心的恨意，生活在一个濒临在杀人和坚持相互依存的家庭，谁也不肯放过谁，也没有谁能理智地解决矛盾。

终于都累了，父亲出门去了，母亲躺着哭了一夜，迟男也没有去安慰，迟男也默默地流泪，这个可怕的家，不光贫穷，还有多病的母亲，还有一不小心被点燃如杀神一般的父亲，自己那微小的力量还不足以对抗父亲，庆幸自己没有爆发。

23. 私立中学

风波渐平，岁月流逝，仿佛那一夜的疾风骤雨没有出现过一样，每个人都自己舔舐自己内心的创伤，没有人会道歉，没有人会提起，不能再去计较谁的对错，除非想再次引发风暴，道歉和事后的反思，那只有文明才具备，对于迟男此时的家庭，只会加重彼此内心的怨恨，只会更加痛恨命运的不济，陈兰芝只能在自己本就虚弱身体的基础上更加承受心理痛苦，将一切归结为自己命不好，碰上了这样的男人，只能生出没出息的闺女，迟成华只会埋怨本就艰难的生活，却不得不承担整个家庭的重担，迟男在这样的教育下能学会的只有对命运的憎恨，为什么会生在这样的家庭，在心灵上也好，生活上也好，甚至在智商上、见识上，这一家人都是软弱的，卑微的，只能埋怨命运的不堪，他们在用力地生活，拼命承担生活的重担，却丝毫没能减少痛苦，他们认为他们吃了最大的苦，命运却给予了最大的不公。

当迟男这个唯一的希望被掐灭的时候，难道还指望这样的一家人去宽容彼此，体谅彼此？

这一家人怨念深重，需要发泄，也许斗殴和凄厉的哭声是最好的方式，这是父母教给迟男面对困境的方式，迟男在若干年中，也是这样去做的，当然迟男的父母也是被这样教会的，难道要求他们出淤泥不染地长成跟他们环境不一样的怪物，如何可能呢？贫穷真的就是贫穷者的错吗，大概是一代一代累积出来的错，谁能提供改变的契机呢？

迟成华、陈兰芝两人终于也没有狠下心来让迟男成为一名童工，毕竟迟男刚 13 岁，也许在迟成华和陈兰芝夫妻眼中，还是有希望的，那也是他们两人唯一的希望，还能怎么样呢？陈兰芝这些年也不是没有怀过孩子，但是都不是想要的儿子，再生一个女儿，只会加重两人的绝望，与其这样，不如就赌已经耗费了大把力气的迟男吧。

那一耳光的确像是有魔力，迟男变得老实了不少，这偌大的城市，迟男陌生得紧，每天安分地给迟成华做饭、打扫、洗衣，迟成华有空的时候会领着迟男四处转转，去他工作的那些地方，迟男不知道父亲出于什么目的，所到之处，听话地用蹩脚生涩的普通话叫叔叔阿姨，迟男觉得自己仿佛活进了电视剧中的高楼大厦里，局促得紧。

也许迟成华是想让迟男见见世面吧，然而能见识的世面依然有限，反倒让迟男看到的是，迟成华在这个城市的生活低人一等，见识的结果是让迟男变得更加卑微和闭塞，变得更加仰望这个城市和这个城市里的人，迟男知道自己还有自己的父亲，跟他们都不一样。

往年这个时候开始准备学费，熬夜赶暑假作业，今年迟男开始焦虑，要做点什么呢，每天在这个局促狭小的屋子里与父母朝夕相对，迟男感到压抑。

还好，迟成华没有让迟男焦虑多久。

这天早起，收拾完碗筷正在厨房收拾垃圾桶的时候，迟成华站在客厅中呼喊。

“迟男，换衣服跟我出去。”

迟男觉得这声音跟往常不太一样，但又说不上来哪儿不一样，里面涵盖着一些无奈。

这一个多月对迟男来说似乎磨平了许多，变得有些沉默寡言的迟男回到房间，拉上门帘麻木地穿上牛仔裤运动鞋，立在迟成华身边胆怯地说：“好了。”

97 路公交车，迟男记得清清楚楚，无论多少年迟男都记得这趟公交车的模样，摇摇晃晃走走停停，终于到达公交车终点站，才听见父亲叫自己下车，迟男疑惑是不是已经到了城郊，难道父亲打算把自己卖掉，跟在父亲身后走在灼热阳光下尘土飞扬的土路，走了几十米转进了一条宽敞的大道，道路尽头是一个大铁门，隔着铁门能看到没有水，晒得干涸的大喷泉，铁门边上挂有白底黑字竖牌子，上面写道“××× 市成人教育学院”，铁门边上开了一个小门，迟成华走在前面，高大的教学楼立在喷泉后面，左边有一条林荫道路，迟成华径直朝着那个林荫大道往里走，迟男打量着环境，隐隐约约仿佛知道父亲带自己去干什么，内心的忐忑渐渐变成了紧张，还有一丝喜悦。

日头毒辣，父亲后脖子被汗水完全淹没，迟男也觉得燥热难耐，这是一个很大的教育学院，笔直的林荫道尽头左手边有一个 2 层小楼，父亲领着迟男径直上了 2 楼，走廊在中间，左手边第一间是教室，父亲敲开了右手边没有窗户的第一间房子的木门。

“老师，你好，我想送孩子来读初二。”

房间只有四五张桌子，三个女人两个男人。

原来让我上初二，迟男在心里想。

“孩子多大了。”一个男老师背朝门的方向坐着，此时扭过头看着门口的迟成华问道。

“13 岁。”

“原来在哪儿上？”女性声音接过话问道，迟男看到，一个年过 40 的中年女人，皮肤白皙肌肉松弛，嘴唇薄总是抿着，上嘴唇因为抿着有一些皱纹，头发稀疏微卷，贴着头皮挽成一个小发髻扎在后脑勺，原本背朝门面朝窗户站着，类似举哑铃一样握拳摇动着小臂，身材跟迟男的父亲高差不多，背部宽也差不多，迟男见惯了母亲这样的瘦弱女人，忽然觉得这个微胖魁梧的中年女人挺慈祥的，或者说是匀称舒服，能感觉到一种又软又坚韧的东西。

“刚从老家接过来，已经读完了初中，没考好，太小了，想让她再读几年。”迟成华赔着笑脸说道。

迟男觉得心里有点难受，能上几年呢？迟男此时才发现如果不上学了，自己该做什么，难道真的像父亲说的一样，去餐馆端盘子吗？

“行，你去那边教务处报个到，把学费交了，明天就来上学吧。”女教师回答。

迟男觉得这个女老师的声音沉稳纤细，很好听。

“报到几班啊？”迟成华喜出望外地回答。

“目前初一、初二、初三各只有一个班，你去报名缴费就行了。”女教师回答。

“谢谢，谢谢。”迟成华连忙道谢，带上门出来了。

刚准备要下楼的迟成华又折返了回去，转身差点撞到了跟在他身后的迟男，迟男立马机灵地让到了一边，站在楼梯口等着，听到父亲敲开门问了一句。

“老师，不好意思，请问教务处在哪儿？”

“下楼一直往前走，那边有一个操场，操场边上有一个白楼，103。”

这个让迟男、迟成华都犯了难的问题似乎终于得到了解决，迟男不知道父亲怎么找到这所学校的，想必是四处打听来的吧。

迟男跟着父亲在大太阳下兜兜转转，绕着这个面积甚广的成教院来来回回，终于找到了所谓操场边的白楼，殊不知，这里有两个操场，一个是一进校区大铁门的楼右边有一个篮球场，还有一个在最里边的，那里确实有一个白楼，此时，迟男才知道自己上的是什么学校，操场的入口处有铁门和水泥柱子，柱子上挂有牌子，“×英私立学校”，大概是租用成教院的几个楼成立的这个私立学校。

交了钱迟成华也松了口气，仿佛卸下了心里的一块大石头，心想先找个地方混着吧，至少先把人混大一点再说，混大一点，能不能成气候也就这样了，作为父亲，我也算尽到了责任。

第 2 天一早，迟成华、迟男又坐上 97 路公交车来到了这个学校，迟成华是来送迟男的，昨天已经知道了初二的教室就在那个 2 层小楼的 2 层右手第 2 间，第 1 间正对楼梯间，第 2 间对面是教师办公室，便是昨天父亲敲门的那个屋子。

“晚上用接你吗？”迟成华问。

“不用，我能找到。”迟男因为这话后悔了一下午，整下午都在回忆哪一站下车，搜肠刮肚地想下车以后怎么走。

迟成华将迟男送到了初二教室的外面，面朝走廊有一面巨大的窗户，窗台只有迟成华的膝盖高，往上全是透明的玻璃，迟男推开初二教室的双开木门站在门口，昨天跟父亲说话的女教师站在教室的最前端，看了一眼迟男，抬手指了靠阳台窗户的一个空座位：“你坐那儿吧。”

迟男背着父亲昨天报名后给自己买的书包，走到女教师指定的位置，环顾了一下这个教室。

约 30 平方的一个长方形房间，一共 9 张课桌，都是齐大腿高的长条桌，椅子是长条靠背椅，每列 3 张桌子，一共 3 排，迟男进来前其他桌子都已经坐了一个人，只剩迟男坐的这个靠阳台的第 2 桌，应该是老师一早安排好了座位。

迟成华在走廊上的窗户边看到迟男坐下后，如释重负转身离开，人都因为背负责任而疲惫，对于贫穷的人，养育后代是很艰难的事。

“大家好，我姓潘，以后就是你们的班主任，你们初中 3 个班的语文课都由我来上，现在轮流自我介绍一下，从这边开始。”中年女教师声音不高不低，不疾不徐，班里很安静。

潘老师指了一下靠走廊的第一个位置。

一个有些高有些壮有些文静甚至可以说腼腆的女孩，皮肤白皙嘴唇有些厚，眼睛似乎高度近视，留着齐耳的短发，穿着一条发白的长牛仔裤、一件短袖上衣，声音弱而纤细，站起来低着头面红耳赤地介绍自己，普通话跟迟男一样，声调奇奇怪怪，来自湖南，站起来的时候，迟男盯着她那紧绷的牛仔裤，后来迟男知道她父母是在北门地下商场卖服装的。

然后是她后面第二桌的女孩，很瘦，脖子很长，低低的马尾放在脑后，穿粉红色的短袖上衣，七分牛仔裤，白色运动鞋，单眼皮眼睛细长，因为带牙套的原因嘴唇略微撅起，鼻子挺直小巧，是重庆人，以后的岁月中成了迟男在这个学校最要好的朋友，没过多久迟男就知道了她父母就在成教院两公里外的街道上开重庆小吃饭馆，普通话比第一个稍微标准，音量也略大了一些，属于正常的女中音音质，比较大胆，说话的时候微笑着环顾了一圈所有同学。

第三排是一个男生，健硕浑圆的身材，圆脸，嘴小而唇丰满，长相如同红孩儿一般可爱，留着小平头，说话笑嘻嘻没有正行，迟男对于第一印象判断非常准确，这是一个被正规学校开除的当地孩子，家就在这个成教院后面不远坡上的贫民区，甚至在老师们眼中是一个脑子有点问题的孩子，时常被骂“脑残”。

中间列，第一排是一个女生，胆大中有一丝羞涩，扎着高高的马尾，皮肤黝黑而健康，不算胖的身材圆滚滚的，同样带着一口浓浓方言味的普通话，后来的相处中，迟男认为是一个泼辣又具有原则的正经女孩儿；她后面是一个身材矮小而结实的男孩，头发浓密、硬而黑的支棱着，五官清晰、面部棱角分明，声音粗重、底气充足，同样带着厚重的外地口音，根据迟男的猜测应该是江浙一带的人，是游离在同学之外的男孩；他后面是身材魁梧而高大的男生，比所有老师还高半个头，长着一张娃娃脸，当地人，是从初三留级而来，之后初中部坏孩子中的一员，跟成教院的一帮男生也相熟，常常在校区后面的贫民区打群架，甚至一年后撬了学校的教务室。

轮到迟男这一排了，迟男前面是一个女孩儿，白皙的小圆脸，小脸上架一副粗黑框眼镜，短短的男孩儿头发，头发柔软有点微黄，瘦瘦小小的身材，黑色棉质短袖上衣，紧身牛仔裤显得腿更加细，应该是隔壁 5 年级的孩子，干净可爱，但就是这样一个看上去可爱的女孩儿，正经的这个城市居民，据说在正规公立学校打了许多的架，劝退后父母不得已转到了这个学校；轮到迟男，迟男用蹩脚的普通话自我介绍，迟男穿着黑色运动裤，宽松的短袖上衣，中长头发扎成高度适中的马尾，额角处散落着不听话的刘海，大大的眼睛，不整齐的牙；迟男后排是一个瘦高的男孩儿，迟男记得站在他身后的时候，觉得他瘦得屁股都没有肉，因为瘦显得尖嘴猴腮的，脑袋也特别小，据说家境很好，随身听、MP3 等都是他才有的，拿着一千多的随身听在教室摆弄的时候，足够吸引所有人的目光，他来这所学校的原因，不知道是的确不爱学习还是真的学不会，总之数学永远考个位数，语文永远考十几分，他和第一列最后一排的男孩永远争的是倒数第一和第二，老师认为他只具备小学二年级的水平或者说智商，没过多久，迟男前排的瘦弱女生就和这个男生谈起了恋爱。

总之，他们这个班兜住了这个城市教育的底，简直没有一个正经或者正常的求学的孩子，迟男因为已经学过一遍很容易就在这个班成为成绩上的佼佼者，当然，在这样一个班级，这没有什么好值得炫耀的，不光初中部是这样的学生结构，包括小学，大多数都是农民工的孩子，光凭穿衣服的风格和方式，迟男就不难判断出隔壁 5 年级和 6 年级孩子的成分，这是一个当之无愧为底层人的孩子解决上学问题的学校。

从这个不健全的学校开始，在这个城市的 4 年，迟男开始了游戏中男主角的人生路线，一路升级打怪终于去到了正常人的环境，这个过程是曲折而心碎的。

24. 第二回合

哲学里有一句话叫作永恒的不变就是变化本身，对于迟男来说，若能接受永恒的安全便是不安本身，或者说能接受永恒的动荡才是人生的本质，那么她就具备了自我安全的能力。事实上多年后迟男通过阅读《少有人走的路》一书也确实明白了这一哲理，即便在这一时期的迟男已经知道了变化才是永恒的不变，那也不影响迟男因为动荡而不安和惶恐，无助的惶恐是令人同情的，它区别于来自自己欲望的惶恐，欲望不能达成的惶恐是可以选择的，只要放弃这种选择或达成欲望痛苦就随之消失，未成年的那种动荡是迷茫的，是不自知的动荡，是一种看不见出口和消解痛苦方向的，是一种命运感极强的惶恐。

×英私立学校的一年时光转眼消逝，这是一年由乡镇过渡到城市生活的过程，学校里大多数的孩子都一样，转换在城市高楼林立的现代文明和农村家庭的两个世界中，这样的生活竟也没能长久，初中部要撤销，当烈日炎炎的夏天来临时，这个消息也成了确切的消息。

随着初中部的一群社会青年撬了教务室，警察来了，相处一年的同学行将天涯路漫漫，带钢牙的好姐妹要回重庆县城上初三，一起离开的还有她那在小学部上5年级的弟弟，戴眼镜瘦弱男孩儿模样的姑娘要回到她被开除的七中，那个只有小学二年级水平的富家少爷回了家，那个威武强壮的同学在涉案之列，已经逃往外地，同时逃跑的还有初三班里的胖男生，初中部一起出去郊游时，在大巴上吻了迟男的一个大胖子，在迟男的印象中仿佛他就成了她的第一个男朋友，然而后知后觉的迟男，多年后才意识到，这就是所谓的初恋？以至于当他逃往外地给迟男打电话时，迟男是发懵的，为什么要给自己打电话呢？让迟男困惑了许久。

对于迟男来说，这一切都不是最重要的，最重要的是，迟男又站在了成为童工还是继续读书的人生岔路口，决定权依然不在她的手中。

烈日炎炎，迟男又一次跟在了父亲的身后，时不时抬头看一眼父亲水光发亮的后脖子，辗转在这个城市的各大正规学校，这一次寻找学校，老家镇上的一切似乎被抹去了，迟男和迟男父亲都只说自己是初二结束。

家附近最近的是几所重点中学八中、一中等，父亲和自己都有觉悟，没有踏进过这样的校园半步，几个街区的建工学校，迟男和父亲去了。

懵懂无知而惶恐的迟男跟着农民工父亲沉默无语地走在通

往学校的巷道上，两边是高高的防洪墙，缝隙中挤出些许的杂草，尽头处校门口站着几位抽烟的男人。

“你好，请问这个学校招生吗？”迟成华微笑着，夹杂方言的普通话温言问面前几个抽烟的男人。

迟男站得稍微远一点看着父亲。

“原来在哪儿上？”其中一个男人夹着烟，一只脚搭在一个花坛边眯着眼问道。

“在一个私立学校上初二。”迟成华满含希望地笑着冲说话的男人回答。

抽烟的男人吸了一口，看看自己的搭在花坛上的脚尖，咬了一下下嘴唇，没有找到脱落的皮，然后才说道：“不招。”

迟成华有一瞬间的哑然，不甘心地问道：

“为什么不招啊，可以考一下的，孩子成绩还是不错。”

“哪一科比较好啊。”男人又随意地问道。

“我数学、化学、物理都比较好。”迟男走上去骄傲地接过话头。

“你刚上完初二，怎么就知道自己化学、物理不错。”抽烟的瞥了一眼迟男。

迟男一时语塞，迟男想的是自己已经读完一个初三，自然知道那几科是自己的强项，本来以为这么说，能够成为对方考虑的条件之一，忽略了自己初二结束，物理、化学是初三才开的课程，然而机智如迟男，只有那么三五秒的反应之后。

“假期请了家教一直在预习，我学得还不错。”迟男暗自庆幸自己的反应速度，要是老实回答上过一次初中了，肯定更没戏了吧。

然而。

“不招了，没有名额。”同样是那位男人，弯腰在花坛里将烟头摁在泥土里，冷静地回答。

这烈日炎炎的 7 月底，迟男仿佛被浇了一盆凉水。

“不招了啊，谢谢老师，不招了那我们走吧。”迟成华笑着说道。

迟男看着父亲那有些挂不住的笑脸，那是一种凝结了心酸和委屈的笑脸，有些不舍又带着不甘的勉强扭过身体，迟男觉得父亲真的是很可怜，甚至都不知道门口抽烟的是什么老师，父女俩的希望和热情就这样三言两语挡了回来，无论多少年，迟男想到父亲当时的笑容和肢体，都充满了心碎，迟男想那应该是一转身就可以流下眼泪的无奈，这个世界注定有许多冷脸和失望，敏感如迟男，失望如迟成华。

无可奈何地继续寻找着落脚，只为了一个门槛，只为了一张更好的门票，也为了一个能改变人生轨迹的方向。

随后父女俩又去了七中，这一次进了校门，原因在于校门敞开着，无人阻挡。

进了一栋不知道作用的大楼，敲了一间开着门的房间。

得到的回答是一样的，这里不招生，这次连多余的问题都没有。

转天，迟男继续跟着父亲踏上寻找学校的旅途，迟男不知道自己没有跟着的时候，父亲是不是也是满城转悠询问，从种种迹象表明，给迟男找一个能上学的地方，父亲的内心也疲惫不堪，不光表现在内心上，还在语言上。

公交车摇晃到了另外一个区，跟着父亲穿过两条主街道，拐进一个居民巷，穿过几个民居的内部道路，走到这些小区的后面，一条市内排洪的沟渠，边城少雨，深深的沟渠水脏草盛，对面有一个铁栅栏圈起来的院子，道路两旁丢满了废弃物，破烂的门板，摔碎的碗，树木上修剪下来的枝枝丫丫，一条尘土飞扬的小道，父亲走在前面，这里荒草丛生，迟男麻木地跟着。

“丫头，努点力吧，你看爸爸为了给你找个学校，多辛苦啊，要是你在老家的时候考上了高中，爸爸现在也就不用到处求人了。”迟成华面色暗沉地念叨，脸上挂着苦口婆心与些许的不耐烦。

迟男有些恼，或许是无地自容的羞愧，不知道是恼父亲的无用还是自己的无能，也不知道是讨厌父亲这种软弱还是别的情愫，总之迟男觉得难堪而心烦。

“这个学校也不招生的话，爸爸也没有办法了，丫头。”

不知道是该希望还是绝望，谁也没有高兴的理由。

走了一段后，排洪沟渠上一座两三米没有护栏的小桥，小桥对面是中学的大铁门，迟男这时候看到了，× 市第四十中学，父女俩穿过小桥，假期空空荡荡的操场，左边一栋矮矮的楼，右手边一栋 5 层高的楼，迟男跟着父亲转悠了高楼的 1 层和 2 层，在 3 层的一间办公室才听到了人声，一间敞开着的办公室，中间是五六张桌子拼成的一个大办公桌，3 个男人站在那里，从门口望去挡住了迟男的视线。

迟成华敲了一下开着的门后就走了进去，迟男也跟了进去，这时候迟男看到了，3 个男人挡着的地方，还坐着一个男人，站着的 3 个男人一个年纪较大，应该是另外两个跟他身高差不多的男生的父亲。

听见敲门声，3 个男人给坐着的男人让开了一丝光线，坐着的男人看着迟成华问道。

“什么事？”

“学校招生吗，该上初三了。”迟成华问道。

“也是上初三啊，本来是不招的，不过看看成绩吧，正好今天 3 个的话，下午有时间你们就一起考一下。”

迟男听明白了这意思，原来前面的这父子 3 人也是想入学的。

后来迟男知道，那两兄弟是双胞胎，父亲是在这附近开了一家牙科诊所，两个孩子也是刚从老家过来。

下午，迟男和那两兄弟一起去对面的矮楼参加考试，语文、数学、英语。

矮楼的台阶上，迟男和另外两个男生还在台子上，男教师翻着试卷走下楼梯，边走边说。

“你们回家等消息吧，成绩出来了我会通知你们的。”这个矮个子的男老师收了试卷如此说。

他是教导主任，姓夏，对于他来说，这个四十中在全市排名不是倒数第一就是倒数第二，他需要新鲜血液来拉高升学率，如果确实成绩不错，对学校还是有帮助的，以至于后来入学了迟男才知道，这个班级大部分成绩好的都是外地孩子，只是人数比原来所在私立学校的班级要多了好几倍，并且在年级内部还有重点班之分。

“夏主任，能不能留一个您的电话。”迟成华站在台阶下，仰望着还在台阶上的夏主任问道。

“你记一下。”

迟男赶忙拿起笔写在了随身带的本上，那两兄弟其中一个也记了下来。

“夏老师，多久能出成绩。”迟男不安地问。

“一个礼拜我给你们通知。”说完，夏主任拿着试卷穿过操场，向着高楼走去，迟男想，应该是回他的办公室吧。

接下来几天迟男焦虑地等待着，一个礼拜过去了，夏主任并没有如约而至地打来电话，迟男感到不安，从第四十中学回来以后，父亲也没有再带着她满市里问招不招生，也许真如父亲所说，四十中是最后的希望。

迟男忍不住了，手按遥控器翻着电视台，心里却焦躁不安，终于按捺不住狠狠摁下红色按钮，将遥控器随手扔到一旁的工人床上，冲到自己家的房间，母亲的那个金属壳下翻盖手机就放在柜子上，抓起来拨出了那个号码，炎热的天气迟男却觉得后脖颈有点冒冷气，电话里的嘟声像是一把掏心的刀，将五脏六腑挖得空空如也。

“夏主任吗，我是上周考试的迟男，我成绩出来了吗？”迟男忐忑地问道。

电话那端传来回应："还没有。"

"不是您说的一个礼拜给通知吗？"迟男有点生气，那是绝处才有的气急败坏，迟男还算克制。

"语文和英语改完了，你语文还行，英语不好啊。"迟男听出那端的口气有些饶有趣味。

"数学还没改吗，我数学肯定没问题。"迟男立马说道。

"那等我判完了看看。"

"好，谢谢夏老师。"

没隔两天，夏主任的电话来了，父母都不在家，迟男自己接听的。

"你的数学还不错，可以入学，不过每学期要交两千的助学费用。"

"好的，夏老师，什么时候报名？"

……

迟男不知道两千块自己能不能做主，但是却一口答应，迟男想就算父亲不同意，自己也会求父亲答应的，辗转一年后，迟男才知道自己是愿意读书的，因为不读书她也不知道自己能干什么，关键在于在私立学校的名列前茅让她尝到了滋味。

失而复学的第二回合以险胜的方式找到新的落脚处告一段落。

25. 少有的安宁

迟男顺利入读了四十中，埋头读书的迟男没有抬头看路，在最艰难的岁月，也许只管埋头走路比抬头看路要重要，少一些心理活动也许会让前路变得更平坦。

这一年迟男穿上了蓝白相间的校服，上了十几年的学第一次穿上校服，也许简单的衣服将人也变得简单。因为是初三插班，学校不再给订校服，让自己去批发市场买，只要颜色差不多就行，因此迟男的蓝白校服跟班里其他孩子还是不太一样，其他孩子的衣服背面有 × 市四十中学字样，她的没有，不过不止她一个，一起考试插班的男生，其中弟弟就跟迟男一个班，哥哥进了另外一个班，总之他们一起考试的 3 个人都顺利地就读了四十中，他们插班都需要自己去买。

每一天清晨，穿上蓝白校服，背上沉重的书包，踏着阳光挤上公交车摇摇晃晃地去上学，在那个居民街区口的成都小吃要一屉小笼包子，背着书包吃完包子裹挟在学生人流中来到教室认真学习，中午在同一家成都小吃要一碗酸辣粉。傍晚，背着书包沿着早晨轨迹的反方向，一路公交摇摇晃晃地回家，偶尔会在车站碰上班主任或者同路的同学。中考前夕的一个暴雨天气，为了应付体育考试，锻炼到腿软，为了追上进站的公交车，腿软摔进了倾盆大雨的泥水中，瘦小而裹在校服里的孩子，谁会去嘲笑呢，只不过湿淋淋脏兮兮地归家稍显可怜而已。

值得一提的是，迟男因为成绩突出，学校每学期发了一笔奖学金，正好抵消了迟男所交的那一笔助学金。

一切云淡风轻，时光自然而然流转到了中考的日子，中考不在乎户口，中考也异常顺利，迟男并没有怀疑自己考不上一所高中，市里几十所高中，除了重点高中费劲点以外，考取一个普通高中还是没有问题的，唯一的意外就是那一通电话，又提醒了迟男的不同。

那是中考的日子，迟男的考点在北西路的一所中学，陈兰芝原想请假陪着她考试，但是被迟男严词拒绝了，按照母亲陈兰芝叮嘱的，到考点了给她打个电话，迟男从公交车下来，看了看时间，马路对面就是自己的考试地点，而旁边就是一家烟酒小商店，商店的玻璃柜台上摆着几部座机，显然这是一个收费的电话商店，2005 年的时候，不管是小商店还是杂志报刊亭，在窗台上都会放上几部座机，按分钟收费的公共电话。

迟男抓起一部座机的听筒给母亲打电话，电话通了，但让迟男没想到的是话机却是功放的，柜台的里面坐着几个女人正在聊天，功放的话机让迟男有些局促，那是一种没有见识过世面不具备从容态度所特有的局促，也是迟男那总是害怕让外人知晓自己是外来农民工子女的事实，也许多年后迟男就不再那么在乎父母的方言和口音，因为城市总是形形色色的各地各国的人组成的，每个人都有自己的口音和方言，但那是从乡村来城市的迟男，是一个一直读书没有见过很多人的迟男，她只有那一点想要隐藏的家境和身世，迟男相信每一个阶层或者不同生活水平的人说话或多或少都反映自己的层次和水平，就像此刻那头，父母一开口便是今天中考，中午的时候别省钱吃点好的；里面几个女人的窃窃私语和低声讥笑，让迟男觉得刺耳而光火，迟男又能怎么办呢，匆匆结束了电话尴尬地付钱离开。

迟男很想质问作为公共电话为什么开免提，迟男又仿佛没那个勇气，明明是自己和父母的对话比较戏剧而使得自己难看，何必再找不痛快，那脆弱的虚荣心和因自卑而过分的自尊，总是很容易就伤到迟男，多年后，迟男想也许这也总是跟父母敢于在人前撒泼和丢脸有关，也许贫穷的人最大的本钱就是撕破脸皮不要脸地撒泼打滚，无赖也是一种招数，一种没有其他途径的办法，迟成华和陈兰芝是这种办法的有力掌握者，公然地打架吵架，不分场合地辱骂迟男。

这是一种弱者特有的有力武器，避开问题的本质，找不到解决的途径和办法，通过吵架和耍泼皮吓退对方，就像那句俗语“秀才遇到兵”，是不讲道理的，直接升华到暴力的层面，然而道理是不会站在弱者这一方的，他们总是讲不赢道理的，讲道理只会让他们词穷，不管是利益上受到了伤害，还是尊严和身体受到了伤害，他们总是讲不赢道理的，讲道理他们就输定了，唯有撕破脸，还会让文明人有丝毫的忌惮，他们还能怎么办呢，因为一种文明的人总是帮助另外一种文明的人，没有文明的人去帮助不会讲道理的他们啊。

小小的风波没能影响迟男的考试，中考顺利结束，分数足够迟男上除了市里前几名重点中学以外的任何一所中学，迟男报了家附近的普通中学里排名第一的高中，通知书也如期而至，一切就水到渠成地行进着，其实求学的道路不就应该是这样吗，一切水到渠成，努力的程度决定了好与坏，而不是机会的葬送，难道不是吗?

初中过渡到高中的假期，应该是轻松的，然而陈兰芝并没有放松对迟男的学业教育，这个农民工家庭，在拥挤狭小 60 平方米的楼房，给迟男请了家教提前预习高一的课程，对于这个家庭，每节课 150 元的家教课，是很奢侈的，迟男的精神是轻微分裂的，总幻想自己是家境不错的，并没有特别地珍惜和感恩这一切，按部就班地接受着补习，顽劣的时候一样偷奸耍滑，会看不顺眼给她补习的这个大学数学系男生。

迟男的分数也只够在这个普通中学高中部成为普通班的一分子，然而得益于暑期提前预习了所有的高一课程，顺理成章的在第 1 次月考成为班级第 1，很快在后面的几次月考已经能成为普通班的奇迹，跻身年级前 10，高一后，进入了学校的理科重点班。

险些折翼的迟男，在神助（父母的帮助）下一路升级打怪，换来了自己两年的安宁，在迟男的记忆中，那应该是最幸福的岁月，纯粹的生活，单纯的思想，连父母都变得平和了不少，这是迟男最正常的两年生活，没有波澜，没有风雨，没有动荡，父亲收入稳定，虽然母亲尝试开个餐馆，但很快就经营不善重新找了一个保姆的工作，亏本的几万块在父母几次不大的争吵中也顺利消失在了还算平静的岁月中。

正常的生活是最幸福的，迟男认为，这是迟男过往人生中最幸福的生活，像大家一样，安静地长大，认真地读书，这是美好的人生。

饱经风雨，得尝安宁，实是幸事。

26. 沿着来时路

沿着来时路，命运的列车向着人生的反方向开去，也许这一次，人生的河流会有所不同，迟男想，也许自己曾经同时踏入过两条河流，品尝过两种人生的滋味，这一切是如此的不同，优劣是如此的明显。

列车穿越在大地上，沿途一路风光，各有不同，迟男自主或不自主尝试领悟命运，再不似4年前那般尽情地释放骚气，而是胸中有前途以及伤怀离别心中恋人，眼神中略有沟壑，有一种奔赴前程的勇气和怅然若失的成长。

一路风尘仆仆，那个光鲜亮丽的母亲在旅途上折腾得头发凌乱，面色晦暗，至于自己，迟男想应该好不了多少，几十个小时的长途火车后，迟男跟母亲又换上了省城到县城的火车，数天的长途奔走，到达县城表姐家时已近黄昏。

依山傍水的美丽县城，尚且不存在于迟男的记忆中，只在儿时没有记忆时来县城走访过一次亲戚，再然后就是4年前路过县城，这是第一次真正在县城停留并且要停留一阵子。

两条江河流经县城，三面环山的县城风景得天独厚优美如画，房屋沿河而建，几座大桥将各个镇连成一片，街道马路融为一体，车来人往，缩小版的城市狭窄而同样庸碌，除了两三条主街道较为华丽而繁忙，大部分的街道都显得岁月静好、安然寂静。

表姐家在县城的一条较为偏僻的街道上，旁边有一所中学，表姐夫是那所中学的教师，因此他们便在学校附近租住了这一所房子的第一层，房子背江而建，后面有一个大平台，平台上可以凭栏眺望江河以及对岸的林立高楼。

表姐见到迟男的时候颇为感慨，迟男也一样，表姐感慨迟男再不是那个村镇混混模样，对稍显亭亭玉立的沉静感到惊诧，迟男对表姐那青春柔美风韵消失有些失望，又有些得意，如今丰满而略显俗气的县城妇人打扮的表姐，在迟男看来，普通至极，曾经迟男仰望过这个表姐，家族中率先跳出农门之一的女儿，不仅有一份家族所有成员羡慕的公职，还嫁了公职更好更有前途的有为青年，在当初那个丑小鸭迟男眼中仿若王子公主的配对，以至于在迟男眼中，公主堕落为普通妇人了，曾经的偶像坠落总有失望的，对于超越曾经的偶像当然有一丝得意。

在表姐家刚落脚不久，瓢泼大雨便张扬而来，迟男没有兴致去听母亲和表姐的家长里短，穿过房屋踱步至平台赏雨，当心中稍微多了些诗文后，往往对风雨景致有了别样的看法，这雨仿佛让迟男清醒了些，脑海中开始有想法。

迟男搬了屋檐下的一个小马扎放在雨水边沿，坐在小马扎上伸出腿，雨水和檐下水柱便通通打在脚尖的不远处，薄薄的积水从平台护栏一角的小洞流出。此情此景，风流如迟男，怎么会傻愣愣地单纯赏雨，从口袋里掏出自己那黑色金属边的手机，那厚重的金属质感，是迟男所喜欢的，打开了音乐，《布列瑟农》那忧愁而宿命般的列车声在雨中响起，这样的命运多像迟男的人生，漂泊而多情，迟男想昊天，怀念边城的岁月，这一切都已经真实地远去，如梦似真，这雨真是如自己灵魂般的依赖，雨中的飘摇，让迟男终生都如痴如醉。

远山在雨幕中似有若无，那种沧桑之感，深深地攫取着迟男的心灵，仿佛心脏被握住一般窒息，动荡不安的人生，实难安宁。

大雨不停地下着，一下就是一个礼拜，从小母亲就迷信重要的事情之前下雨是吉兆，相信就如雨水浇灌农田庄稼一般，会让大事得成，母亲称之为“得食”，迟男不知道这样的信仰出于何处，但这样的信仰植根于迟男心中，每逢下雨，也许就是胜利的象征，毕竟跟从小接受的一切对抗是很辛苦的，如果无伤大雅，甚至还有一些有利的心理暗示，迟男想也就不必去较真。

即便冒着如此暴雨，陈兰芝也决定到达的第二天便去县城一中，尽早落实迟男上学事宜，她们从表姐夫那里得知，高三根本没有假期可言，一中高三年级一直在补课，这就让陈兰芝更不敢拖延，一天没有确定入学事宜，迟男的心也总是悬着的，毕竟此行的大事就是顺利入读一中高三，参加高考。

暴雨如注，陈兰芝和迟男各执一把大伞，立于表姐家屋外，等待路过的面包车，表姐告诉陈兰芝，只要看到面包车就可以招手，县城有 3 路公交车，都不经过这儿，但是面包车几乎满城都有，绕着县城各个街道走，5 块钱一位，能到县城的任何一个角落，也有面包车会挂上线路，跑主要几条街道，已经有十几辆面包车开过，都没有停，应该是没有位子，这条比较偏僻的街道甚至也没有出租车，20 多分钟过去了，终于有一辆面包车溅起老高的水之后靠在了迟男和陈兰芝身边，车上只有两个车位，最后面最里面，迟男和母亲两人收好伞弯腰撅着屁股钻了进去，也顾不得雨伞的水打湿裤腿。

面包车穿过县城的一条主干道，从江上大桥开过，停在了一个上坡弯道处，听到司机喊道。

“一中到了。”

母女俩从面包车里钻出来，雨依旧噼里啪啦地敲打着伞面和地面，马路对面是十几米宽 20 米高的台阶，以至于迟男要将伞后仰抬头看向上方，台阶尽头是开着的铁栅栏门，旁边瓷砖立柱上挂白底黑体字的牌子，“ ××× 县城第一中学”，躲开车飞溅起来的雨水，迟男和母亲穿过马路，踩着如瀑布一般的台阶朝着殿堂走去。

在这个县城，占地最广、最巍峨的建筑大概就是这所中学，因为大桥那头的县政府也不过是一个院落而已。

迟男低头瞥了一眼高高台阶下方小商店门口的望着雨发呆的女人。

进了大门笔直的林荫大道，古树郁郁葱葱，雨水打落了不少的树叶，大道两旁古树后有不少建筑，迟男和母亲随便找了一栋楼躲了进去，因为母亲说要打电话。

母亲在廊下打了电话，不久就有一个秃顶的中年男人过来。

“罗老师，让您多费心了。”

“没事，只要孩子成绩没问题，走吧，先带她去上课，高三一直没休息，不能耽搁。”说罢男人就率先举着雨伞走进了雨中。

“成华这些年混得不错，都发财了吧。”

“罗老师开玩笑，不过是下苦力挣活命的钱，还是罗老师你们的日子轻松。”

“我们不行，小县城闭塞，没见过世面，一辈子也就这样了。”

“那后半辈子也有保障啊，退休后也轻松，哪像我们，干不动了，还不是要回农村去种点地讨饭吃，没什么指望。”

“孩子成绩不是好吗？哪能后半生没有指望。”

“她成绩好是她的，只要将来过得比我们好就行了。”

雨中，3人撑着伞走在林荫大道上，路面光亮如洗，几个人的倒影不停地被雨水击碎，迟男听着母亲和罗本权的对话，分不清是客套寒暄还是实话，原来有些时候，就那么轻轻松松道出了内心的担忧，县城的教师已过中年，大概人生、事业也就仅仅止步于此，而父母内心最深的忧惧大概就是晚年的生活，半生心血都倾注在自己身上，没有积蓄没有落脚处，除了这个县城大山深处某个村里的一处茅屋，似乎看不到任何确定的东西，原来，风雨飘摇的人生，终不过如此。

一栋教学楼4层，陈兰芝和迟男站在阳台上，雨伞就靠在墙边，伞尖流出的水，打湿了一大片地面，罗本权去了教师办公室沟通，迟男站在两间教室的中间，避免被窗户里正埋头苦学的同学们看到。

没多久，罗本权领着一个瘦高的男人出来，身体像一块笔直的板子，穿着短袖白衬衫，扎在西裤里，头发不短不长中分，脸廋，颧骨很高，脸上表情十分严肃，声音浑厚而低沉，每一次说话总是用力地抖动一下肩部，仿佛那声音是从身体底部蹦出来的一样。

“这是王老师，理科重点班班主任。”

“王老师好。”

“假期你就先在我班里读，最后能不能留在班上，等到暑假补课结束一模的时候再说，成绩不行我也没有办法。”

丝毫不留情面，语言就像是这副身体应该具备的。

“王老师放心，肯定不会让你失望的。”迟男回答。

“今天没带书是吧，没带就明天开始上课，早上7点开始早读。”

“好的。”

“你们不住校吧。”

“不住。”

入学的事儿似乎比想象当中的要容易，迟男跟陈兰芝都松了口气。

27. 江边岁月

那些江边岁月，不知日升几何，不知日落几何，每一夜听江水浩浩汤汤，见过最早的江上日出，同样也见过最晚的江上月亮，那些静听江水的日子，因有思念、有痛苦、有希冀，总是在漫长的悠悠人生长河中，回荡不休，无数次午夜梦回，听到那一夜一夜的江水荡漾，无数次于心碎之际，看到那水波江上，朝霞与落日余晖。

一切都不是迟男该去想的，此刻，只要背上书包去那所殿堂一般的高中课堂上沉心读书即可，至于吃穿住行，陈兰芝都会安顿好。

陈兰芝需要租房子，未来的一年，母女二人的落脚之处，这不算非常难的一件事，毕竟县城有好几家亲戚，熟人社会有自己的运行体系，做任何事情既难也不难。看了几处房子后，陈兰芝确定了一间，在这个县城最繁华的地段，主街弯道处，6层高的楼，上面有一个小阁楼，只有一个四五平方米的小房间，外面有一个阳台，阳台左端可以当作厨房，右端有一个不足一平方米的卫生间，淋浴设施齐全，阳台中间段与房间之间用一扇左右拉动的木门隔开，木门上贴着一张大海报，正对着木门是一张双人木床靠墙而置，床右边有一个木质两门书柜，书柜旁便是出入的正门，正门前方靠墙一张条形矮茶几，茶几顶头是一个书案，上置一台巨大的老式彩电。

陈兰芝没有迟疑，租了下来。

一中高三几乎全年无休，每周只休息周日下午半天，供学生们置办东西，每月只休息一个周末，可以让乡下的孩子回家一趟。迟男刚上两天就赶上了一个周日休息的半天，陈兰芝笑着跟迟男说："迟男，跟妈妈去看看咱们的新家吧，妈妈刚找到的，干净漂亮，咱娘俩住肯定很舒服。"

迟男当然没有意见，总不能一直住在表姐家。

母女二人于闹市繁华街上穿过一楼电器售卖的商店，通过一段台阶后左转，走过长长的通道，随着母亲陈兰芝一层一层地往楼上爬去，终于迟男都以为到顶的时候，随着母亲转身迟男才看到那几级陡峭的台阶后有一扇门。

陈兰芝走在前面打开了房间的门，迟男跟了进去，就像母亲说的，干净，房间地面整齐地铺着彩色的地砖，墙壁粉刷得雪白，阳台的墙上也贴满了瓷砖，对于迟男和陈兰芝来说，的确算得上是干净漂亮的房间，算起来，这是迟男生而为人以来住得最干净的房间，即便小了点，对于迟男来说，安静、干净、整洁，心里就是很舒服的。

这房子小虽小了些，然而推开房间到阳台的木门，看到阳台上全景采光的玻璃，而玻璃外就是江上景致和远山，这一点在迟男心里已经够了。走到阳台推开窗，楼下街道上的喧嚣与吵嚷立刻传来，街道对面的卖鞋城播放着县城时下最流行的歌曲，汽车刺耳的喇叭，看了看楼下的尘俗繁华，又抬头看了看不远处江上行进的船只，再抬眼看了看金光熠熠下的远山，认同了母亲说的漂亮。

几个箱子堆放在屋子的中央，迟男和母亲将箱子里的东西一一归位，书柜上层自然是放置书籍，下层母亲放了被褥衣物，迟男拿出那台黑色录音机以及那十几盒磁带，环视整个房间，最后放在了电视机旁边空余的书案上，放好后迟男凝视书案边一块空地，若有所思。

“妈，给我弄一张小书桌放在这里吧。”

正跪在床上整理床角被单的陈兰芝回头看了看迟男所指的地方。

“行，回头问问你表姐，你姐夫是中学老师，肯定有不用的单人课桌。”

没过多久，陈兰芝便给迟男弄来了一张纯黑漆的单人课桌，并排放在书案边，又给迟男弄来了一把椅子，迟男坐在书桌前，将各种复习资料塞进课桌，常用的资料放在桌角，右手边的书案上安静地搁置着录音机，整齐地排列着录音磁带，迟男喜欢复原场景，仿佛场景复原就能复原感觉，迟男是一个迷恋场景复原的人，就像大学 4 年习惯了窝在床上看书，那之后的人生岁月也习惯于靠在床上看书工作。

迟男伸手搭在录音机上，拇指拨动收音机开关，然后开始调频，没有 92.9，在这个城市，没有 92.9，92.9 只有电波嘈杂的吱吱声，看来，只剩下了这些录音带，孤独岁月中仅有的录音带，以及房间里随处可见的高考教材和试卷。

县城的高中大部分的学生都是住读的，只有住在县城里的那些才会每天回家，迟男如今就算是住在县城里的，即便只是那么一方小小的家，那也是能让迟男避风遮雨的家，天刚亮迟男便背着书包站在楼下弯道，等待路过的面包车，总会在车上碰到一两个同班同学，有一个瘦小却总是穿着成熟的男生，迟男从来只是微笑点点头，另外一个女孩儿柔媚姣好，迟男更是一句话都不曾说过，听其他同学说她是从上海回来的，父亲是县城里的有钱人。

每天早上 6 点 20 迟男会准时出现在楼下路边，中午去学校门口的米粉店吃一碗米粉，下午其他同学去吃晚餐时，迟男会吃一点零食，等到晚自习结束已然 9 点 40，校门口等上面包车，回到家 10 点，母亲会将做好的晚餐放在那张矮矮的茶几上，迟男便独自坐在小板凳上吃晚餐，这时母亲会看一会儿电视，吃完晚饭，母亲收走碗筷，迟男则坐到书桌前放一盘吴天音乐屋的录音带，戴上耳机拿出书籍、试卷开始学习，学至夜里 1 点或 2 点，偶尔学至 3 点或 4 点，睡 3 到 4 个小时，5 点 40 准时起床，整个房间只有茶几上的早餐和一杯不放糖不加奶的苦涩咖啡，原来是速溶咖啡，后来不知道陈兰芝从哪里听说速溶咖啡对身体不好，改成了从超市买咖啡粉，变成了每天这苦涩不堪的苦咖啡，也许陈兰芝从来没有尝过一口，更不知道迟男一直是当成药来喝。

陈兰芝早早给自己寻了一门生计，在楼下早市卖菜，早上 4 点半去批发市场上菜，4 点起床给迟男做早餐，一碗米饭和一道炒菜，或者偶尔纯粹的炒米饭，还有一杯苦涩的咖啡，然后挂上卖菜人常用的零钱腰包出门而去，迟男刚睡下不久母亲便会起床离开，迟男准时起床一边翻书一边吃炒米饭，吃完饭再一口闷掉苦咖啡，再到阳台一侧的狭小卫生间洗漱，套上边城的夏季校服背上书包离开家到楼下弯道上等待路过的面包车。

也许是那一年的咖啡喝得迟男心生畏惧，此后多年迟男曾不敢饮一杯咖啡。

几乎每一天，陈兰芝和迟男就这样枯燥地重复着每一天相似的生活。

县城的气候 10 天中有 7 天降雨，降雨天无比的闷热，如同活在蒸笼中，十分难熬，教室里天花板上 4 个吊扇，从早上嘎吱嘎吱呼呼地转到晚上，迟男总担心那巨大的扇叶掉下来会不会削掉一个人的脑袋。

而小小的家中有一个立式风扇，每天也一刻不停地摇头，对于这数平方米的小房间来说，是足够凉爽的，在迟男看来，倒也比在边城时，父亲总是用一把工业用大扇子纳凉强上不少，炎夏时，为了能睡个好觉，工业用大扇的巨大响声终也没有战胜困倦，满满一屋子的人在这个马达十足的空气流通器下沉沉睡去，活得如机器一般的父亲和其他工友，并没有考虑过什么是生活，有片瓦遮雨，能挣一份比起种地可观得多的薪水，供养家乡妻儿的开销和求学，这就是生活，是生存也是责任，也许也想过更体面的生活，但只在心里想想，感慨几句也便罢了，总是加上一句希望下一代能有生活，活得像一个体面的人。

逢着休息日，迟男会将书桌搬到阳台，看江上烟雨蒙蒙，听雨敲打玻璃声，再放上一盘吴天音乐屋的录音带，此情此景，迟男尽管埋头学习，比起那份遥远不可及的爱情，她背负着许多的期望，那就是过得比父辈们都好，对于她和她的父母来说，实现的道路只有一条，那就是高考。

28. 岁月并非静好

烟波江上，小城宁静，风物别致，然前程堪忧，心境实难静好。

“你来一下。”

晚自习上，坐在最后一排的迟男正埋头纠结于一道物理电磁感应的题上，桌角出现了一只手，食指中指并在一起快速地点了 3 下，声音很小，但那浑厚而低沉的嗓音让迟男为之一震，迟男抬头的工夫已然只能看见木板身材班主任那平面一样的背影，忐忑不安的迟男放下笔用脚轻轻蹬开凳子，起身跟上那个在迟男心中如同阎王一般的班主任。因为是插班生，班主任没有优待，也许能在这个班占有一席之地，已经是开了先河，当初来上学的第一天，便被指定坐在了最后一排的空位上。

这一个多月的暑期补课，迟男简直到了看到这个男人就会发抖的地步，那时刻挂在脸上的严肃，那一板一眼目不斜视甚至于僵硬的身姿，那浑厚而中气十足的音量，迟男不自觉地就会感到畏惧，在迟男的生命中，还从没有如此害怕过任何一个人，但是迟男怕极了这个班主任，此刻更是心有戚戚，模拟上个礼拜就结束，迟男猜阅卷已经完成，她一直在忐忑地等待。

教室隔壁就是教师办公室，教师办公室那边是文科重点班，整个高三年级，文理科一共10个班，但是重点班却文理科只各有一个，能不能留在重点班或多或少都决定了将来高考的成绩。

迟男走进去的时候，班主任已经坐在自己的藤椅里，这是迟男第一次来这间办公室，办公室很简单，呈长方形，两排靠墙的长条办公桌，两排老师背对背面墙工作，桌面干净如洗，连张纸片都没有，难以想象这是教师的办公桌，迟男这一个月已经充分领教这个班主任的厉害，上课可以连书都不带，整堂课完全在脑子里，一个教理科的老师，这样的脑子简直可怕。

“王老师。”迟男怯生生地站在他身边。

“你还适应吧。”王老师微低着头、斜着眼瞅着空无一物的桌面，余光瞥着站在身旁的女孩儿，这个女孩儿看上去文文静静，容貌出挑，沉默寡言，各科老师给的评价都还不错，跟班里任何同学关系都不近，冷冷清清显得孤傲，可能是从大城市来，有些眼高。

声音虽然是温和的，但也没能让迟男减少内心的恐惧。

“适应。”

“一模成绩出来了，你的成绩还行，可以留在班里继续上，不过教务处说交3000元的助学金，你回去跟你家人商量一下。”

“好的，谢谢王老师。”其实迟男是高兴的，如释重负，不知道怎么更多对眼前这个冷硬的王老师表达谢意。

迟男知道3000块钱母亲不会反对，为了迟男读书的问题，父母几乎倾其所有，迟男的求学之路是一条跪着走出来的道路，是一条永远低三下四矮人一截求出来的，是一条即便本就贫穷却总是走在助学金道路上的，仅仅是想读书，想争取一个同等选择的权利，却如此的艰难。

多年后迟男明白了一个道理，原来那些年，40%人口的城市却得到了教育投资的77%，而占人口60%的农村，却只有23%的教育投资，原来教育只配给那些一早命运就好于迟男这样的人，很多人没有资格享有这种权利，这是人类学的选择，注定一些人在另外一些人的选择下不明不白地被支配一生，连一个懂得和选择的权利都不曾给予，也许这是理智的投资行为。

“成华，迟男能留在重点班继续上，除了学费还要交3000元的借读费。”

晚上迟男吃着晚饭，听陈兰芝跟迟成华通电话。

“那你明天把钱打过来。”

……

9月，真正的开学到来，校园满满当当穿梭往来的人，那些第1天上初中、高中的孩子，有的家长扛着被褥，有的家长端着脸盆毛巾，生存万象，求学不易，这样县城高中的孩子，多少是背负着整个家族的希望走在一条读书道路上，为了更好的生存条件和环境，犹如大军厮杀，这是人间惨相还是繁荣昌盛，曾有人说人生实难，其实是生存至艰，我们何以将生存变得如此残酷的，求取知识何以变得如此可怖，这是一条人间正道还是歧途，本应人人要懂得的道理和为人的常识却成了人种的优劣分类利器，难道不应该是我想读书便可以读书，而是要获得资格才能求学，求学难道不应该跟生而为人是一个道理吗？难道不应该是掌握同样的知识，然后各凭本事吗？这才是公平啊，不是吗？

天空乌云疾走，风云突变，似是一场暴雨即将来临，高三教学楼，4 层理科班教室，教室后部堆得满满当当，学生们挤在缝隙里，独凳倒着搁置在课桌上，课桌上另一部分是垒得高高的书籍，每个人守着自己的课桌。

教室前半部分空空荡荡，远远的只有站在讲台上拿着薄薄两页纸的班主任，那是一模考试的成绩排名，平板身材抖动着手中的两张纸，看着教室后边堆着的人群，声音洪亮如指点江山一般地宣布规矩。

“我念到名字的人搬上自己的桌子到我指定的位置，从今以后我们每个月一次模拟，每次模拟成绩决定你们自己的座位，第 1 名坐中间左手边第 2 排，第 2 名坐中间右手边第 2 排，第 3 名左手边靠墙第 2 排，第 4 名右手边靠墙第 2 排，5 到 8 名坐第 1 排，9 到 12 第 3 排，依次往后，我现在开始点名。”

“牛旭东。”

人堆里一名清瘦而朴素的男生拖着自己沉重的书桌，默默地到达了平板身材指定的位置，放下凳子，无多话，安静坐下埋头看书。

“王昶。”

“陈安泓。”

……

教室里除了平板身材念名字的声音，就是拖动桌子的嘎吱声，气氛压抑沉闷至极，迟男不知道其他人心情如何，自己越来越慌，眼看教室前半部分已经坐满，现在平板身材每念一个名字，迟男心中失落和痛苦便增加一分，已经到了最后 3 排，倒数第 3 排还有两个位置就满了，原来自己如此差劲呀，迟男心想，不免对自己失望极了。

“迟男。”

倒数第 3 排的最后一个位置属于迟男的，不过对于迟男来说，已经没有意义了，这与最后一排也没有更好，迟男脸红耳赤地拖着桌子排在窗户下，将凳子拿下来，同其他人一样，坐好埋头翻书，迟男心想这就是平板身材说的还行，简直让迟男无地自容。

终于排完了座位，“平板”将几页纸扔在第一排一个同学的桌上。

“贴墙上。”

说完这 3 个字就扬长而去，教室维持了几分钟的静默，之后，不少男生就涌向了那墙上已经贴好的几页纸，他们不是要看排名，而是分数。

迟男自然是不会去挤的，也没脸去看。

成绩最好的女生坐在第 5 排，比迟男靠前两排，那就意味着成绩已经在 20 名开外，理科貌似终归还是男人的天下。

迟男不甘心，不过，当试卷发下来开始讲的那一刻，她除了觉得失望以外，无话可说。

曾经以理科为傲的她，数理化一塌糊涂，反倒是她原先不怎么出色的语文表现良好，甚至语文成绩排名全班第一，薄弱的英语也没有特别掣肘。她明白，其实这一个月她已然感觉出理科上的薄弱，因为高一、高二时期，边城和县城的教学重点和深度完全不同，早已感觉吃力，只是没想到考得如此失败，似乎离自己理想的一流学校远了，这让迟男无比的痛苦，这痛苦持续了整整一年。

因为痛苦，迟男想变得纯粹，她不想穿那些繁复的衣服，更不想为了考虑穿什么而费脑子，她翻出了边城高中校服，像个怪物一样出现在一中，她每天穿着校服，她以为她穿回校服，变得更加刻苦，就能如当初一样，回到名列前茅的位置，事与愿违，最好的一个月，迟男也只是坐到了第 5 排，刚开始，迟男每次都希望能坐到更前面去，后来渐渐的就麻木了，能保持或者再次坐到第 5 排她就已经很欣慰了，唯一让她还能有一丝荣光的，大概就是她在这个理科班几乎属于语文最好的，甚至好几次她的语文成绩都成了年级第一，连文科班的分数都不如她高，而她的作文也一次次被语文老师在班级朗读，作文总是承载着私情的，在于迟男，她不知道是羞怯还是荣光。

又一次月考结束，周日上午刚调换的位置，恰逢下午休息日，母亲陈兰芝似乎又找了个什么营生挣钱去了，迟男看着试卷上的成绩，离她心中的目标仍然遥远，气愤、恼怒、不甘、怨恨，感觉胸中升起腾腾的火苗，终于没憋住，眼泪夺眶而出，迟男无声地痛哭着，狰狞的表情，嗓子却像堵了东西一样哭不出声音，试卷揉成一团狠狠地往上抛出，天花板将试卷弹回角落，掀掉了桌上所有的复习资料，把靠墙茶几下面的资料也尽数掏出，肆意地乱扔，抓起一本厚厚的复习资料，狠狠地砸到墙上，无声哭泣的她无可奈何，扔完了所有的东西只剩猛捶桌子。

房间里的每个角落都被她扔满了书籍和纸片，颓坐在一角的迟男默默流泪，她变得无可奈何，也许是智力缺陷，也许是两年教学系统的差距难以短期追上，她一直在努力努力更加的努力，然而世界上很多事情都不会因为更加努力得到改善，可她除了努力无计可施，明晃晃的大白天，迟男却觉得房间昏暗不堪，终于眼泪流干了，她也哭累了，恢复理智的她要在母亲回来之前打扫她的战场，爬起来去卫生间抹一把脸，开始一本书一张纸地整理，只觉人生灰暗的迟男拿起一盘录音带，放在了黑色录音机里，房间里回荡着昊天音乐的音乐和昊天的声音，桌上铺着被她揉成一团的理综试卷，皱皱巴巴地展开铺在桌面，本想检查一下那些失误的题，终于也没能坐下来。

29. 天不负

深秋一个周末的午后，迟男走在县城的街道，她准备去前面的超市买几支笔，熙熙攘攘的人流中，迟男专注地看着对面走来的一个偏胖的女人，迟男认出了对方，那是在小镇读初中时曾经做过一年同学的初中同学，迟男努力地想回忆起对方的名字，对方也怀疑似的看着迟男，当年初一的同学，那时候迟男 11 岁，如今 18 岁，这 7 年都让彼此变了模样。

迟男打量着这个已经如妇人一般的女人，圆圆的脸上厚厚的肉，短发扎成一个小髻放在脑后，深秋的午后依旧温暖，穿一件翻领的格子衬衣，浑圆的身子被包裹着，矮壮的粗腿裹着紧紧的牛仔裤，低矮粗跟的皮鞋，脚背的肉被丝袜兜着，注视迟男良久，眼睛眯成线地笑了起来，小小的嘴咧开露出小小白白的牙齿，因为笑眯了，肉多的鼻梁也皱起了纹路，指着迟男问道：“你是迟男？”

“我是，咱们是初中同学，对不对？”迟男也高兴地笑了起来，说出了心中的疑问。

“是，真巧，居然能碰到，没想到那时候瘦瘦小小的你，现在这么漂亮了。”她走过来摸着迟男的胳膊说着。

迟男依旧在努力回忆她的名字。

“吴琼？对吧。”

“对呀，没想到你还记得我呢？”

“我们是同学，怎么会不记得，你现在做什么呢？”

迟男不记得原来她的声音是不是也这般温温柔柔甜甜的，但是这嗓子跟这外貌实在有点差距。

“初中毕业也不知道干什么，舅舅找关系，我就上了卫校，现在在镇上医院当护士，今天来县城买点东西！”

吴琼羞涩地说起自己这些年的境遇。

“真好，你都有工作了。”迟男嘴上这么说着，但是心里却想着，在镇里当护士，应该很没有前途吧。

“你呢？你一直在县城，你现在做什么？”吴琼骄傲地问道。

“我在一中读高三。”迟男简洁地说道。

“那挺好的，真的挺好的，肯定能考个好大学。”

迟男感觉到吴琼眼睛里面的光黯淡了，骄傲变成了羡慕，原来每个人都不甘心，都想要更好一点的人生，选择与被选择。

迟男忘了是如何告别的，只知道吴琼说了许多挺好的，迟男想吴琼已经算那时候同学中好的了，他们四五百初中毕业，能上高中的只有四五十，能上中专等职业学校的也只有几十人而已，大部分人止步于初中。

知识于人是不是无用，迟男不知道，但是迟男知道哪怕是能描述内心的伤悲，能更多地知道自己所处困境的原因，即便不能减轻痛苦，但是知道或许比不知道要好。

苦心人，天不负，其实被辜负的苦心人何其多，那些没有被辜负的，或多或少都有各自不同的际遇，迟男因从未被她父母放弃，比起吴琼，迟男认为自己更有选择的空间，这就是际遇，也许注定会有一些被命运筛选，然而这筛选的过程若少一些人为，便是公平，我们从一开始便没有约定知识的自由和公平，这也是际遇。

一些人安享这份自由，还有无数的人为了求知走在一条布满荆棘的道路上，令人心碎，还有些人，即便踏遍荆棘也没有资格。

迟男的成绩并没有因为失落和痛苦在这一年有多大提升，仿佛瓶颈，仿佛智力定格，再提升一丁点都艰难，每月一次的排位，还有那些纸片书籍如雪花一般纷飞的下午时常有之，斗转星移，岁月流转，日升何时，日落几何，无关花月，总有眼泪总有痛苦，也有录音机和磁带。

冬去春来，终于是高考了，高考那几天烈日炎炎，对于一中的考生来说，不过是从高三教学楼去另一个教室考试而已，除了校门口检查准考证，迟男内心没有多大的波动，两天的时间倏忽而过，迟男特意背下了自己理综的选择题答案，迟男知道很快答案就会出来。

迟男去了街角的一间网吧，边城每周一节的计算机课掌握的上网技能迟男没有忘记，她对自己选择题是信心满满的，然而当头棒喝般，第1题错了，第2题错了，迟男觉得心有些空了，考完背下来的答案写在面前的小纸条上，迟男感觉到把着鼠标的胳膊有些肌肉无力，核对完答案，力气也仿佛被抽干了，迟男感到了无望甚至是绝望，选择题60分，迟男只拿到了20分，迟男恨透了自己，那是一种悔恨，看到答案和解答过程，她认为不是她不会，只是落入了陷阱，莫大的悲哀席卷了迟男。

迟男无力地走在江边上，炎夏午后的江边清静得如同落光叶子的树林，荒凉而寂静，以往都是在河堤上慢步的迟男，如今就走在奔腾的江水边上，那些被晒得晃眼的石头让迟男心烦意乱，她想自己此刻是想跳江吗，就绝望至此吗，若是失利太多，有勇气再读一年吗，寻了一块巨大的石头，迟男在上面坐了下来。

这一坐就是一下午，一直坐到小小的县城华灯初上，岸边的灯火倒映在江水中，岸边的夜市已经开始繁华，夏夜纳凉的人们几乎都到了这条江边大道，坐在河堤上饭店提供的雅座中，吃着小吃喝着啤酒，吹着江风，赏着江上风光，这些惬意人生此刻跟迟男是无关的，迟男默默地钻进一辆载客面包车，心想着也许母亲已经开始着急了吧。

回到阁楼上的小屋子，阳台上母亲正在做晚饭，迟男在床上趴了一会儿，爬起来将书桌搬到阳台上，书桌跟窗户下沿平齐，厨房与阳台之间有一面短墙摆在窗边抵着矮墙，迟男一抬屁股坐在了书桌上，背靠着短墙，伸长双腿搭在大开的窗户上，

7 层楼高的高度就在身旁，迟男只是想这么坐着，她没有想死，虽然脑海中会闪过念头，但她并不曾认真想过跳下去，她只是靠着短墙默默地流泪，任由热浪和街道的嘈杂声传来，泪光朦胧中能看到江对岸的影影绰绰，她刚从那边回来。

30. 父亲被打

陈兰芝摆好了饭菜，叫了好几次迟男吃饭，都不见她有任何反应，这才走到迟男面前。

“妈，我今天对了理综的答案。”迟男没有看站在面前的母亲，眼泪一直往下滑，有气无力地说着。

陈兰芝没有如迟男想象中的一样训她一顿，陈兰芝许久都没有说话，只是把双手放在迟男的腿上，迟男是意外的，在迟男的记忆中，迟男遇到挫折的时候母亲一般都会先劈头盖脸地骂她没用，并诉苦自己为了迟男付出了多少，迟男自己内心是愧疚的，有些不敢面对母亲，陈兰芝伸手一遍一遍地给迟男擦掉脸上的泪水，迟男透过泪光，看到母亲也红了眼眶，迟男觉得这大概是10岁以后，自己跟母亲最亲近的一次，尤其是肢体上的，迟男对母亲的亲近是陌生的；母亲没有那种女性常见的温柔，迟男外在的性格一直以来也像假小子一般，这是仅有的一次在母亲面前的脆弱，她们之间从未有过亲密母女间的温存，也没有心理上的了解和安慰。

迟男坐在与窗台一般高的桌上背靠墙默默流泪，陈兰芝站在面前反复为迟男抹去脸庞的泪水，背后是遥遥夜空和小城华灯。这样持续了十多分钟，陈兰芝仿佛疲惫了，轻轻吐出一句吃饭吧，便拖着疲惫的身子进屋去了。陈兰芝坐在茶几前的小马扎上，看着自己炒的两个菜，也没有动筷子。她心里堵得慌，听迟男说考得不好，对女儿有些埋怨，看到迟男那伤心的样子，也没有办法苛责。她认为她的人生始终是昏暗的，没有尽头的苦日子，没有盼头的未来，唯一的盼头似乎被掐灭了。她也流下了浑浊的泪水，捂着脸放在膝盖中间轻轻啜泣，终于这种平静也没能持续多久，陈兰芝不是那种隐忍的个性，擦掉泪水，走到阳台，用命令而凶的口气，冲着迟男喊道："迟男，你别哭了，下来吃饭。"

迟男依旧没有反应。

"迟男你知不知道，你爸前几天被人打了，打得只剩半条命，怕影响你考试，我自己蒙着被子哭到半夜，没敢告诉你，现在还在医院里没出来，你舅舅和小姨他们在照顾，你还有心思在这儿哭。"陈兰芝如同跟人吵架一般情绪激动地说着。

迟男果然坐不住了，从桌上下来，立马问道："谁打的，怎么回事。"

陈兰芝是真的有气，没有出路的人生如草芥一般苦苦谋生，她对于生活对于家庭她都厌恶已久，却也离不开，她是那种典型的对生活充满怨怼的人，苦苦挣扎，憎恨身边的人不能给自己带来更好的生活，自己也没有能获取更好生活的能力，对着生活乱碰乱撞地使蛮力，她人生的两大支柱此刻都折损，她濒临崩溃。

陈兰芝气鼓鼓地不回答迟男的问题，转身回到茶几边坐在小马扎上，迟男追了进来，迟男此刻难受极了，父亲被人打了，她迫切地想知道怎么回事，父亲此刻是否安全了。

“爸伤得怎样，现在怎么样了，妈你告诉我。”迟男坐在陈兰芝的身边，急迫地跟陈兰芝喊了出来。

陈兰芝就是这样一种性格，把身边的人逼急对她来说能满足一些内心的快感，她很少友善地对家人说话，都是攻击似的，极其容易将矛盾点燃。

“怎么样了，还能怎么样？还在医院住着，为了让你安心考试，我一直憋着没告诉你。”陈兰芝说话总是带着目的，她的每一句话经常都会给人增加心理负担，这是她怨怼生活的一种方式，她能撒气的只有身边的人，她没有想到的是其实每一个身边人都承受着一样的痛苦。

贫穷的家庭，人人都是经受着磨难，依附者或多或少对主要经济收入者都有埋怨，埋怨他不能给依附者更好的生活，而主要劳动力都会对依附者表现出一种拖累的心态，这就是责任，责任从来都不是轻松的，更不是甘之如饴的，一条风雨飘摇的小舟上不仅仅有温存，还有彼此埋怨和拖累的私心，在外部风浪来袭时给予互相帮助的同时也刺伤着彼此的心。

无疑，知识就是一条能改变贫穷的道路，而高考更是一种明确的通道。

“现在问题不大了吧。”其实迟男通过陈兰芝的反应已经大致判断出父亲没什么危险了，迟男知道母亲的性格，她不是内心藏得住大事的人，虽然陈兰芝也能表现出一种坚强，但陈兰芝的坚强绝不是那种力量入水被化解掉的坚强，而是狠绝的，如同发狠似的坚强，这样的坚强是不能持久的，如果不是医治后的父亲没有危险，母亲不会沉得住气如此之久。

迟男心痛的是父亲挨打，子女都无法心平气和地面对父母受到外部的折辱，那是一种内心焦灼般的心痛。

“怎么被打的，报警了吗？”迟男不甘心，希望能将打人者绳之以法，内心有一种复仇的欲望。

“有人打电话给你爸，说是要搬家，有点特殊的东西，让他去看看，他们坐出租车来接你爸，三四个年轻人，把你爸拉到一个荒山上一顿打，你爸也没记住出租车的车牌号。”陈兰芝说着。

迟男咬紧牙关，她感到无比的悲痛和恨意，她只要想到父亲被几个人围着打的场景，就痛苦万分，她想变得有权势，她想要打人的付出代价，她想亲手打死那些人，这些迟男只能想一想，她和她父亲，都只是弱者，仍由命运和磨难宰割的弱者，只有痛苦和不甘。

迟男尝试联系了几个边城的同学，在她看来都是混混的同学，她想也许他们能帮上忙，事实上，谁又能帮得上呢，她是无力的，她解决不了这件事情，无数年来，只要想到这件事，都让她内心焦灼，她能做的只有努力，保护父母免于伤害，迟男感到庆幸，庆幸父亲是平安的，父亲认为是其他几个搬家团队策划的，然而一切都是没有证据的，迟男是年幼的，只是一个刚刚高考失利的普通女孩，他的父亲母亲更是社会底层的边缘，面对这些，他们都是被动的，能幸免于难，实属幸运。

迟男发现自己没有资格也没有时间消沉，也许就是离自己理想的大学远了一点而已，但是自己要快些长大，自己成长为社会的强者才能保护弱势的父母。

没过多久成绩公布，成绩确实让迟男失望，但也足够迟男上一个不算一流的大学，母亲几天前已经去边城照顾父亲，迟男填了一所远离边城也远离家乡的北方大学。

等待录取结果的日子是忐忑的，终日无所事事的迟男游走在县城，每天上午去网吧查录取结果，午后去江边淘石头，在江边闲坐到傍晚，傍晚时分游荡在江上大桥吹风看霓虹，若没有那份忐忑焦躁的内心，日子是十分惬意的。

对于迟男报了其他城市的学校，迟成华心里是不舒服的，他的本意是让迟男填报边城的学校，这样可以回到自己身边，跟他相反的是陈兰芝的支持，她认为由着迟男去闯一闯吧。

迟男很想问问齐德伟、王枫他们考得如何，她想知道他们填报了哪些院校。在刚回县城的那些日子，为了排遣孤独迟男时常跟齐德伟联系，后来如所有人一样，遥远的距离和流逝的时间往往也会让友情、爱情这样的东西慢慢变淡，就如迟男对吴天的思念一样，也许现在是该提上日程的时候。

一个烈日灼热的夏日，迟男呆呆地坐在网吧宽大的沙发上，迟男觉得是不是应该流几滴眼泪呢，炎炎夏日迟男紧紧握着的双手冰凉得发白，她觉得这一刻应该像电视里演的一样欢呼雀跃或者是喜极而泣，然而她平静如水，只是觉得一切就应该如此，仿佛自己早已料到，她忘记了那些等待的日子她也曾忐忑不安，她忘了她也曾在夜里梦见落榜而惊醒，她也忘记了她不止一次想到要是没能录取她该会多么心碎无助，这一刻，那些忐忑仿佛都不曾存在过，她觉得是如此的熟悉，显示屏上状态变成了已录取，她觉得眼眶有些发热，但她更觉得那是她逼迫着自己去激动的，她拿出手机拨通了陈兰芝的电话。

“妈，已经录取了。”迟男觉得自己很平静，其实她声调不稳有些颤抖。

“太好了，太好了。”陈兰芝重复道。

迟男不知道陈兰芝是否哭了，但是根据她对她母亲的了解，母亲是会落泪的。

也许这就是苦心人，天不负，然而无数的苦心人，正被辜负。迟男不得不承认，人生中努力和机遇都是不可或缺的，你只是不知道机遇何时到来。

31. 再回边城

录取后的日子，是迟男人生中度过的最轻松的一个夏天，这与幼年那种年幼无知的轻松不一样，这是完满达成人生中某一重要阶段的轻松，这是一种胜利后的轻松，这种轻松里有一种成就，这是经历过奋斗后来之不易的轻松。

等待录取通知书的日子，轻快而惬意，桥头有一家音乐酒吧，安静而神秘，夜色笼罩的时候，迟男就不在大桥上吹风了，踱进这间酒吧，选一个安静的座位，要一杯绿茶，沉浸在音乐和灯光中，内心有阵风，总是往边城的方向吹，边城的摇滚之夜，那一曲灰姑娘总让她割舍不下。

阁楼上小小的房间里，一旁堆满的磁带，黑色录音机正放着吴天的音乐，迟男坐在旁边的椅子里，左手拿着一个从江边淘洗回来的拳头大的暖白色鹅卵石，右手拿着小小的刀在鹅卵石上刻画，已经能看到雏形的女子孤赏远山寒江图，那份寂寥有一种思念的味道，握着小刀的食指拇指发红，虎口也有深深的痕迹，刻完之后打开书案的抽屉，里面排着许多个这样刻好的石头，每一个图案都有些许差别。

骄阳似火的午后，迟男会在阳台上弹琴，一架从表姐家借来的电子琴，常常弹起的曲子只有《城里的月光》，偶尔也在月上中天时弹起，那旋律让迟男感到温暖，也许便是此刻迟男的愿望。

城里的月光把梦照亮，

请温暖他心房，

……

思念总是让人温暖的，每一夜，柔柔的江水总是拍打着迟男的灵魂。

录取通知书鲜红，上面还有烫金的字，迟男在银行办完了学费，按照陈兰芝的吩咐，回了一趟乡下的家乡，对于从 10 岁就开始漂泊的迟男，家乡早就变作了他乡，除了青山绿水间的小溪，清澈而亲切，儿时玩伴大多辗转他乡，长辈看她也不再是儿时的目光，学着如成年人般跟邻人寒暄，接受他们的祝贺，卷起裤管光脚踩在清澈的小溪中，如儿时一般捧着双手去捞小鱼，四五岁时能轻松捧起的小鱼，如今反倒陌生，湿了的衣裙让迟男清透无比，湿着的衣裙滴答着水珠，踩在被阳光晒烫的道路上，幼年的欢声笑语曾洒遍道路的每一处，最后在溪边大石上沉沉地梦一回，夕阳时，碰上了下地回来的幼年玩伴，少年变作青年，没有寒暄，只有一眼羞涩互望，转眼间，家乡又被抛在了岁月里。

一年的时光，对于迟男来说，似乎漫长如10年，然而边城却依旧是那般模样，熟悉又陌生，熟悉的是这里有迟男深切思念的人，陌生的是，漂泊如迟男和迟男的家庭，早已习惯了漂泊，这里迟男不过是曾经的过客，同样也是今天的过客。迟男和迟男的家庭都是匆匆赶路的，为了生存为了明天，庸庸碌碌还未曾仔细思考过生为何来，那需要迟男再多些经历和知识才会去思考。至于她父母，大概此生都不会去想如此无意义而费脑子的事。

还是那套逼仄的楼房，还是那些拥挤的叔叔、舅舅、姨夫；父亲伤已经痊愈，只是眉骨上留下一道疤，迟男看得心痛，心中腾起怒火和恨意，有一种怨恨苍天不公的味道，在心底暗暗发誓报仇，大概每一个人青春都有过这样一种情感，那些无力的年纪总会因为人生磨难而萌生报仇的恨意。

父亲已经把她的书桌撤掉，这样房间能宽敞一些，她那只能容得下一个转身的小床也被父亲撤掉。父亲似乎变了，迟男不知道是不是错觉，父亲把她当客人一样对待，生怕她睡不好吃不好，把床让给了迟男和她母亲住，自己去楼下传达室睡。迟男是不理解的，感到困惑，仿佛父亲是在讨好她一般，她不习惯这种变化，她忽然觉得父亲把她当外人或者是大人，是尊重她还是生疏？迟男不得其解，只觉得心酸。

回到边城的第一晚，身旁的母亲早已睡去，迟男在等待午夜到来，那个老时间，吴天音乐屋的时间，一年时间，还不至于让迟男忘记，黑色收音机就放在床头的椅子上。

窗外月色如水，迟男躺着睁着大大的眼睛看着树影，一年的时光吴天如今是什么样呢，还是那般孤独而个性吗。

突然迟男慌了，她怀疑是她调错了频道，大拇指在滚轮上反复地拨动，难道是记错了时间，不可能，时间不会错的，吴天音乐呢，迟男拨动的手指慢了下来，所有的频段都调了一遍，没有吴天音乐屋，92.9 变成了一个声音透着青春的男孩，节目也不叫吴天音乐，迟男颓丧地摘掉了耳机，迟男觉得伤心极了，那就像是她的精神鸦片一般，那些在县城遥不可及的日子不觉，如今却彻底地丢失了，犹如丢了珍宝一般的迟男，默默地痛哭起来，不敢出声的迟男掐着自己胳膊，麻木不觉疼痛，不知道哭了多久，才慢慢平复伴着晨光睡去，迟男没想到是这样的结局，这是迟男最伤心的一晚，因为纯粹，纯粹的心碎。

32. 红墙

饭桌上，迟男摩挲着手机的边缘，手边放着两张机票，那是父亲给自己和母亲买的机票，下午 5 点多的机票，今天是迟男去上大学的日子。

边城，从来都只是过客，迟男从未想过停留，父母不过在这里打工，早晚有一天也会离开此地，不知道这是最后一次还是最后几次来边城，迟男摁亮手机，通讯录的滚动条停在吴天的电话号码上，迟男是理智的，跟吴天她也从未有过什么更多的非分之想，迟男想要那张唱片，一年前离开的时候，吴天在节目中提到的那张唱片，迟男认为自己在吴天的记忆中应该是留下一些印记的，毕竟，那些互动那些挽留是那么真实地存在过。

迟男没有勇气按下拨通键，她不知道该如何开口，心跳有些快，迟男不知道该如何平复内心的激动，站起身来在房间里来回踱步，紧握手机的指节微微发白，把手机举到面前看了看，一年了，应该没有换号吧，不知道还能不能打通，打吧，也许我自己着急半天根本就打不通呢，刚摁了拨出键，立刻又挂断了，不行不行，我还没有想好说什么，吴天吗，你好，不对，吴天，你还记得我吗。

沉浸在自己世界里的迟男，正经历着外界难以想象的内心世界的起落，准备好说什么的迟男又一次拨出了电话，还没有送到耳边，再一次挂断，放松，放松，放松一点，就是打个电话有什么好紧张的，自言自语地在房间里转悠着，心脏紧张到发冷，迟男觉得此刻的压力比高考前要大得多，那是一种说不清道不明的紧张和害怕，紧张到躯体僵硬，终于，迟男站定，狠下心拨了电话，警告自己不许挂掉，每一个嘟声传来都让迟男为之一振，感觉到四肢仿佛被冻僵了一般，电话已经嘟了五六下了，就在迟男快要松口气时，突然，传来：

“喂？”

这一声喂让迟男一下懵了，时间和空间在此刻停止。

“哪位？”

迟男回过神，却没由来地说了这么句话。

“你还记得我吗？”

“你谁呀，我没怎么你吧。”

“我……”

吴天冷冰冰的质问语气彻底把迟男惊呆了，我是谁，我跟他什么都没有，他也不认识我是谁，电话两端都沉默了，迟男无助而难过地握着电话呆在原地，有一种原来一切都是自作多情的感觉，有一种自取其辱的感觉涌上心头。

长久的沉默后，那头突然传来一句。

“绿杨芳草长亭路。”

迟男此刻是懵懂的，吴天又等了一会儿，她想吴天应该是在等下文，迟男开不了口说年少抛人容易去，迟男怔忪地站着，终于等来了那边的挂机，迟男也收起了手机。

迟男有些气愤，不知道是气自己的黄粱一梦，还是恼怒吴天那种冷酷无情的态度，她不会想到自己的唐突和没有由来，本就不曾有什么，那些似有若无的虚无音乐与文字的互动，恍若存在过什么，仿佛又什么都没有，这就是轮回吧，当初天真而懵懂的迟男刻意地接近，虚化的意境和情感让自己沉沦，迟男坚信存在过的一切此刻受到了动摇，那种黄粱一梦的悲凉让自尊心极强的迟男难以承受。

把手机狠狠地砸在床上，面红耳赤的迟男觉得面颊火辣得生疼，窘迫和难堪存在自己的心底，颓丧地在桌上趴了一会儿，不甘心的迟男穿上黑衣黑裤出门而去。

以前放学每天经过的报刊亭，迟男正站在报刊亭外，拿起报刊亭外的座机照着手机上的号码拨号。

“你好，是吴天吗，我想买你的专辑。”这一次迟男没有紧张，她相信对方听不出来，她不甘心，即便一切只是一场只存在于自己心中的梦，她也想留下一些记忆。

“我现在在外面，能不能改天。”

“我今天就要走了。”

那边迟疑了一阵。

吴天听出了电话里的人就是刚才那个女人，他有些好奇，他完全可以让迟男去北门的绿岸音像老于那里买的，他在想是不是自己曾经的风流债，那口气完全像他们之间有过什么，他脑海里有一瞬间闪过那个短信的灰姑娘，一年过去了，对于成年的他，那些太过于云淡风轻了，淡到如同没有存在过的一般，他存在于吴天音乐还有真实的生活中，或许吴天音乐是他的工作，而生活中他只是一个普通男人或者一个混蛋，这些对于18岁的迟男是理解不了的，她沉迷在自己编织的那个梦中，或许曾经得到过吴天在节目中的回应。

“你到西山路的×××饭店门口，到了给我电话。”

迟男重复了一下地址，挂掉电话，随手拦了一辆出租车。迟男是一个不谙世事的女孩儿，连城市这个社会潜藏着许多不为人知的危险和罪恶都毫不知情，只是一味地相信自己那个梦，相信那些故事中的事，大山深处长大的农村女孩儿，在城里也多年过着封闭的生活，她没有想过这样盲目地去赴约可能会有危险，这就是年轻的好处吧，这也就是年轻为什么总有那么多危险，那种不设防的纯真总会渐渐地消失在成年人的欺骗和伤害中，我们称之为成熟，只不过是变得世故，多了戒心少了信任，终究活成了孤独的我们。

迟男找到了饭店，在门口一个公用电话给吴天拨了电话。

“你稍微等一下，我还有十几分钟就到。”

迟男在人行道上踱着步，张望着穿梭来往稀疏的人流，马路对面远远走来一个瘦高的男人，迟男一眼就认出来了，虽然剪短了头发，不再是飘逸的长发，中规中矩的短发，迟男还是一眼就认出来了，修身的白衬衫和黑色长裤，锃亮的皮鞋，迟男看着吴天穿过马路朝自己走来。

“是你要唱片。”吴天同样认出了迟男，果然就是一年前那个女孩儿，眉目清秀，短发爽朗。

“是。”

“我家就在前面，你跟我到前面，在小区门口等我一下，行吗？”吴天指了一下不远处的几个红色的楼。

“好。”

吴天很高，脚步很大，迟男只能远远地跟着，一个大铁门敞开着，正对着一面红墙，迟男只能在这里等待，红墙的上面一个白色的圈里面圈着数字 37，迟男走进小区站在墙边等着。

吴天打开房间的门，从房间桌子下的纸箱子里拿出一张唱片，抽出桌上的一张纸巾擦了擦表面的灰尘，刻的几百张唱片也没能卖出几张，也许本来去年就是想为那个灰姑娘出的吧，谁不曾心动，谁不曾有过悸动呢，即便总会归于理智。

吴天看了一眼桌上放着的那个空绿茶瓶，谁说不曾怀念，谁说那一切不曾存在呢，将唱片放在桌角，长长的手能将绿茶瓶圈一圈，垃圾桶就在桌边，轻轻一拨就能掉进桶里，吴天狠心一拨，瓶子直着掉了下来，瞬间却用另一只手捞了回来，仍旧放在桌子边沿，拿起唱片下楼。

迟男背靠在红墙上仰面看天，耐心地等待着，吴天看到红的纯粹的墙上靠着黑色的人影，想起了一年前蓝调音乐酒吧回来的那个夜晚，那个晚上自己也想扔掉那个瓶子，人就是那个人，但是她的年龄看起来似乎小了不是一点，应该是一个高中生或者大学生，吴天在心里猜测，那一脸的青春和纯真骗不了人，也许她内心成熟，自己是不能承担如此纯真的情感的。

迟男感觉到了有人，站直看到了走过来的吴天。

迟男淡然一笑，从吴天手里接过唱片自言自语。

“红墙老街 37 号，名字真好听。”

吴天觉得迟男笑起来还真是很温暖。

迟男盯着唱片看了一会儿才抬头问道：“多少钱？”

吴天显然一愣，随后自然地说 30。

迟男从裤子口袋里掏出钱给了吴天 30 零钱，吴天接过钱自嘲一笑，仿佛嘲笑自己只是一个落魄的没什么才华的歌手而已。

“你说你今天就要走？”吴天靠在红墙上，仰起头问道，30 岁的年纪懂得什么是现实，更知道什么是金钱。

“是，下午的飞机。”

“你已经不做吴天音乐了吗？”迟男小心翼翼地问道。

“我现在做一些文字工作。”

迟男一直微微地低着头，这大概是那个年纪的女孩特有的。

“你要去哪儿？”

“去 ×× 上大学。”迟男诚实地回答。

“祝你一路平安！”吴天温柔地说。

“谢谢，再见。”迟男低着头慢慢地朝小区门口走去。

“诶。”吴天开口。

迟男转过身看着吴天。

他想问问她叫什么，没有问出口，摇了摇头。

迟男转身继续朝门走去，走了几步又回头看，吴天仍旧靠在红墙上，迟男想说我曾经喜欢过你，但没有说出口。

迟男终于走出了小区，在路边伸手打车，吴天一直靠在墙上，远远地看着迟男上了出租车。

“再见。”吴天轻声地说。

出租车上迟男眼角滑出泪滴，抬手轻轻拭去。

无论怎么样，都是这样的结局，捂着唱片的手有些痛，那也不敌心中的难过。年少不懂什么是真正的结束，更不懂何为错过，那样纯粹的倾心相付一生难得一次。

然而爱情终究抵不过现实，就如吴天的顾虑，谁说错过未必不好，也许相忘于江湖终归是强于相濡以沫的，孰轻孰重本来就不用计较，曾经心动，曾经心痛，都是最美的。

十七八岁的年纪，十七八岁的爱情，也许是一个人的故事，也许是两个人的，希望是一个人的，也希望是两个人的，但最后，它都是各自的故事，美的是岁月，沧桑的是你我的心，在这茫茫尘世，彼此不再孤独。

33. 岁月如梦

2010 年，窗外漫天飞雪，已经是披肩长发的迟男坐在床上拥着被子看着窗外的飞雪，周末的大学女生宿舍人寥寥无几，桌子上电脑桌面停在一个博客页面，博主叫吴天，博主常与一人互动，诗情画意，情意绵绵，博客中插入的一首灵魂音乐弥漫在空气中。

一直坐到雪停的迟男关掉网页，合上电脑，目光停留在电脑后面的一排排列整齐的磁带，这一排磁带被宿舍的其他女孩嘲笑过多次，迟男拿过脸盆将磁带尽数扫尽盆中，拿起备用的打火机端上脸盆来到洗漱间，洗漱室空无一人，迟男将脸盆放在洗漱水泥池子中，拿起一盘磁带从中间拉出那条窄窄的带子，一会儿工夫，脸盆里的所有磁带都被抽了筋，一团乱麻的黑塑胶线缠绕在一起，迟男有些可惜，留作纪念也好啊，后悔无济于事，索性点燃打火机，那些胶线火苗轻轻一燎就着，一团火苗蹿起很快就烧尽。

迟男觉得心里应该有些什么悲壮或者哀伤，然而什么都没有，只是需要一个契机放下，今天恰巧就是这么一个契机，无聊的周末，在网络上无聊地搜索。

火苗燃尽，打开水龙头冲走了所有的痕迹，一盆空心磁带壳被随手倒进了一旁的垃圾桶中，如一阵烟云，稍纵即逝。

大学毕业的迟男曾再回过边城，那也是一个初秋的午后，迟男坐在当初等待昊天的那个饭店里，窗外车水马龙，仿佛透过时光，看到了那个短发女孩儿，那执着的样子，可爱而珍贵，再去看一眼红墙，从容而宁静地离开。

秋风扫起落叶，秋日和煦的风暖暖地吹在迟男的脸上，青春不曾荒废。

岁月如歌，歌声都消散在了梦中，那些如梦一般的时光。

“妈妈。”

微笑着看着窗外秋雨的迟男，感觉到一只肉肉的小手抓住了自己，低头看着稚嫩的小脸，还有什么能越过岁月和时光的美，爱情也做不到。

“爸爸。”小小的童音提醒迟男丈夫回来了。

“走，找爸爸去。”迟男蹲下抱起儿子，从电脑中退出唱片，放进盒子里，塞进书柜杂物区。

刚要走出书香满溢的书房时，小童音又一次提醒：“故事。”

“呀，妈妈忘了宝贝的故事书，对不起。”迟男满脸温柔地拿起故事书，她听到了玄关处丈夫的声音。

“男男，宝贝，我回来了。”

迟男抱着儿子穿过客厅朝玄关走去。

尾声：岁月并不会因为度过某个时代就变得更好，迟男依旧是漂泊的人。迟男畏惧的不是漂泊，而是在漂泊中依旧为父母的晚年和儿子的求学之路感到疲惫。